UNION GÉNÉRALE D'ÉDITIONS
8, rue Garancière - Paris VIᵉ

IRISH COCKTAIL

PAR

WILLIAM IRISH

Anthologie préparée et composée
par Jean-Claude ZYLBERSTEIN

Traduit de l'américain
par M.-B. ENDRÈBE

Série « *Grands Détectives* »
dirigée par *Jean-Claude Zylberstein*

NOTE DE L'ÉDITEUR

Une bibliographie complète des textes originaux et des précédentes publications en français des œuvres de William Irish reproduites dans le présent recueil se trouve à la fin de ce volume.

© 1986, Union Générale d'Éditions pour la présente édition.
Avec l'autorisation de Scott Meredith Literary Agency Inc.

ISBN 2-264-00769-9

UN PIED
DANS LA TOMBE

Howie m'attendait à la gare avec cet air mi-figue mi-raisin qu'ont les jeunes neveux lorsqu'une vieille fille de tante leur arrive de sa province. Moi, j'espérais bien qu'on se serait manqués, mais j'ai joué de malchance. Je n'étais pas venue à New York depuis 1907, et il y avait quelques fantaisies que j'aurais voulu me payer. Oh! rien de bien scandaleux, mais je mourais d'envie de faire un tour dans la Grande Roue; peut-être, aussi, de pousser une pointe jusqu'au quartier chinois pour voir si c'était aussi mal fréquenté qu'on le disait de mon temps. Et puis alors, là vraiment, ç'aurait été un drôle de soulagement de pouvoir fumer ouvertement une cigarette au lieu d'être obligée de monter dans le grenier et d'actionner le ventilateur pour ne pas me faire pincer par le reste de la famille. Au pays, j'étais juste une vieille fille de tante, mais, pour une fois, j'*aurais* bien aimé lâcher un peu de vapeur. Et, si Howie devait me tenir en laisse, j'aurais aussi bien fait de rester à la maison, car je me rendais déjà compte que ça ne serait pas plus rigolo. Il me prit par le bras, comme si j'étais vieille et fragile, en m'entraînant doucement hors de la gare :

9

— J'ai tout préparé pour que vous profitiez au maximum de votre séjour, Tantine.

« C'est bien mon intention », pensai-je à part moi.

— Aujourd'hui, nous passerons la soirée tranquillement à la maison pour que vous vous remettiez des fatigues du voyage.

« Oh ! zut ! » fis-je *in petto*.

— Et demain nous irons à l'Art Museum.

« Tu parles d'une séance de rigolade ! » me dis-je, de plus en plus déprimée.

Et Howie continua de me réciter son petit programme des réjouissances. Comme je l'avais craint dès l'abord, celui-ci ne comportait pas la moindre virée dans les parcs d'attractions, ni match de *roller-catch*, pas même un petit combat de boxe bien saignant !

— Mais n'as-tu pas ton travail ? m'enquis-je en désespoir de cause.

— J'ai demandé quelques jours de congé pour pouvoir me consacrer entièrement à vous, Tantine.

— C'est bien gentil à toi, dis-je en me mordant moralement les doigts.

Howie me conduisit chez lui. Il possède, ma foi, une assez agréable garçonnière, mais qui semblait avoir subi quelques aménagements précipités. De temps en temps, je découvrais des jetons de poker sous le tapis ou derrière les coussins du sofa, et Howie se demandait vraiment d'où ils pouvaient provenir. Au cours de la soirée, le téléphone sonna à deux ou trois reprises, mais, chaque fois, c'était une fille qui semblait s'être trompée de numéro et, à vouloir lui expliquer son erreur, Howie avait la nuque qui se congestionnait.

10

Nous jouâmes au bésigue jusqu'à dix heures moins le quart.

*
**

Le lendemain, j'appris sur moi-même une chose dont je ne me serais jamais doutée. Jusqu'à ce que Howie m'en ait fait visiter toute une galerie au Museum, j'ignorais quelle animosité dévorante pouvait éveiller en moi la vue d'une armure ! Depuis lors, je ne peux plus voir un heaume en peinture !

Je croyais avoir assez souffert comme ça pour une seule journée, mais Howie n'en avait pas encore fini avec moi. Il ne voulait vraiment me faire grâce de rien. Comme nous sortions de l'Art Museum, il consulta sa montre et dit :

— Je crois que nous avons encore le temps de visiter le Tombeau de Grant avant la fermeture [1]. Vous ne pouvez vraiment pas repartir sans l'avoir vu.

Au point où j'en étais, je me foutais de tout, aussi mon neveu put-il me fourrer dans un taxi sans que j'oppose la moindre résistance.

— A vous dire vrai, me déclara-t-il quand nous débarquâmes devant le monument, je n'y suis moi-même jamais entré.

Je l'aurais tué !

Nous gravîmes les marches et passâmes sous le portique entre deux colonnes massives. Dans la petite cabine vitrée de l'entrée, il y avait un gardien ou un concierge arborant le képi des soldats de l'Union. Mais ça ne pouvait pas être un authentique

1. Ul. Simpson Grant, général en chef de l'Union et président des Etats-Unis, mort en 1885. Son tombeau, par sa disposition, n'est pas sans rappeler celui de Napoléon aux Invalides (N du T)

vétéran, car il m'avait l'air de quelque vingt ans trop jeune pour cela.

L'intérieur du monument se révéla circulaire, avec une arcade courant tout autour d'une sorte de cuvette centrale où se trouvaient deux sarcophages, celui de Grant et celui de sa femme, bien au-dessous du niveau de la balustrade à laquelle on s'appuyait pour regarder. Un escalier de pierre, barré par une chaîne, permettait d'accéder dans la cuvette quand besoin était. On voyait le haut de l'escalier, au départ de la rotonde, et les marches du bas quand il débouchait dans la cuvette, mais, faisant un coude, il échappait en son milieu aux regards du public. De toute façon, on n'avait pas le droit de descendre ; il fallait se contenter de regarder en se penchant sur la balustrade.

C'est ce que Howie et moi fîmes pendant une minute ou deux. Une minute ou deux, ça suffisait. Il n'y avait vraiment pas grand-chose à voir, excepté les deux sarcophages dont le couvercle de l'un portait l'inscription : *Ulysse S. Grant,* et celui de l'autre : *Julia S. Grant.*

Puis mon neveu se dirigea vers une des deux niches où l'on trouve des documents se rapportant à la vie de Grant, disposés sur des tourniquets analogues à ceux des marchands de cartes postales. Seulement, bien entendu, les documents ne sont pas à vendre. J'allais suivre Howie, quand, soudain, mon sac, que j'avais posé sur la balustrade, dégringola dans la cuvette et alla se poser sur l'un des sarcophages.

Je regardai autour de moi, d'un air coupable, mais le gardien était allé prendre l'air sous le portique. Je soulevai donc la lourde chaîne barrant l'accès de l'escalier et me glissai par-dessous. Juste à ce moment-là, Howie tourna la tête :

— Hé ! vous n'avez pas le droit de descendre, me chuchota-t-il.

— Allons donc ! lui répliquai-je en me mettant à dévaler les marches sur la pointe des pieds. Interdit ou non, je ne vais point laisser mon sac à main dans une tombe qui n'est pas la mienne.

Je suppose que mon neveu dut se demander pourquoi je tardais tant à déboucher dans la cuvette. J'aurais eu dix fois le temps de faire le voyage aller-retour. Enfin, je me précipitai vers le sarcophage et récupérai mon bien. Penché sur la balustrade, Howie m'observait. Je lui jetai un regard de chèvre morte et remontai beaucoup plus vite que je n'étais descendue.

— Doux Jésus ! haletai-je en parvenant au sommet de l'escalier.

Howie me rejoignit, anxieux :

— Qu'y a-t-il ? Pourquoi avez-vous mis si longtemps à descendre ? me demanda-t-il.

— Tu ferais mieux d'appeler le gardien... vite ! Il y a une jeune fille étendue dans l'escalier... on ne peut pas la voir d'ici... (je repris ma respiration) et elle est *morte*.

— En êtes-vous sûre ? Elle n'est peut-être qu'évanouie ?

— Qu'est-ce que tu t'imagines que je faisais pendant tout ce temps ? Elle est aussi morte que Grant lui-même, répliquai-je d'un ton ferme. Et je m'y connais : je viens de terminer mes cours de secouriste.

Howie cessa de discuter et s'en fut prévenir le gardien. Celui-ci se précipita dans l'escalier à une

telle vitesse que j'eus la confirmation de mes soup-
çons. Ça n'était aucunement un vétéran de la Guerre
civile ; on lui avait donné le képi pour impressionner
les visiteurs. Après quoi, il se précipita en sens inverse
et alla faire le sémaphore sous le péristyle, jusqu'à ce
qu'il eût attiré l'attention d'une voiture de la police qui
patrouillait dans Riverside Drive, car il n'avait pas le
téléphone. Après tout, on n'en a ordinairement pas
besoin dans une tombe.

Quelques instants plus tard, le monument fut
envahi par des policemen en uniforme, puis un flic en
civil vint prendre la direction des opérations. Je
l'entendis appeler Rafferty. Il descendit dans l'escalier et, quand il remonta, il se dirigea vers nous. Je me
rendais compte que Howie n'appréciait guère de nous
voir ainsi retenus à la disposition de la police. C'était
sans doute à cause de moi qu'il se faisait des cheveux.
Mais, pour la première fois de la journée que je
coupais à sa « visite des monuments et curiosités », je
vous fiche mon billet que des chevaux sauvages
n'auraient pas réussi à me faire partir de là.

— Depuis combien de temps étiez-vous ici quand
vous l'avez vue ? nous demanda ce Rafferty.

— Pas plus d'une minute ou deux, répondis-je
aussitôt. Puis je lui racontai comment j'avais fait
tomber mon sac et étais allée le chercher.

— C'est une bonne chose que cet incident se soit
produit, dit-il en hochant la tête. Sans cela, elle aurait
probablement passé la nuit ici avant qu'on la décou-
vre. Ça ferme dans quelques minutes. Y avait-il
longtemps qu'elle était arrivée ? L'aviez-vous remar-
quée ? ajouta-t-il en se tournant vers le gardien.

L'homme me parut vaguement embarrassé, et
Rafferty dut aussi s'en rendre compte :

— Qu'y a-t-il donc? Est-ce que vous ne l'auriez pas vue arriver?

— A la vérité, je crois bien que je l'ai manquée, bafouilla le gardien. Je ne me rappelle pas l'avoir vue entrer. Remarquez que, à un moment, il est arrivé tout un groupe d'étudiants de l'Université de Columbia et je suppose qu'elle a dû se faufiler avec eux, car ils étaient tous autour de moi, à me poser des questions et...

— Mais, quand ils sont ressortis, l'interrompit Rafferty, vous n'avez pas remarqué qu'elle était restée à l'intérieur?

— Non, je... je... Elle devait déjà être dans l'escalier. Il fallait qu'elle y soit, puisque je ne l'ai pas vue. Elle n'aurait pas pu se cacher ailleurs que là.

— Vous n'avez pas quitté la porte un seul instant?

Le gardien passa sa langue sur ses lèvres, de plus en plus mal à l'aise :

— Oh! j'ai pas perdu la porte de vue, ça, non... Mais il y avait une bagnole arrêtée au coin de Riverside Drive, dont le klaxon s'était coincé... le type n'arrivait pas à l'arrêter... Je me souviens que je me suis avancé de ce côté-là et que je l'ai regardé faire, pendant qu'il tripatouillait sous le capot... Mais je suis toujours resté en vue de la porte et personne n'aurait pu entrer ou sortir sans que je l'aperçoive. Je suis donc bien certain qu'elle n'est pas entrée à ce moment-là.

Un bonhomme à la touche de médecin, un petit sac noir à la main, déboucha de l'escalier, où il avait dû trouver à s'occuper, et vint dire quelque chose à Rafferty. Comme j'étais à proximité, je tendis l'oreille :

— ... Empoisonnement au cyanure. Elle a dû

venir ici avec l'intention de se suicider. Elle avait le cyanure dans un de ces petits flacons de parfum que les femmes trimbalent toujours dans leurs sacs. (Il agita une enveloppe.) Il s'est cassé en tombant. J'ai ramassé les morceaux.

Le toubib s'en alla, et Rafferty sortit un carnet de sa poche pour prendre quelques notes, tout en résumant la situation à l'un de ses subordonnés :

— Arrivée avec un groupe d'étudiants. S'est cachée dans l'escalier. Le bruit du klaxon coincé a dû couvrir celui de sa chute et ses gémissements. Suicide, conclut-il sur un ultime coup de crayon.

— Hum ! fis-je suffisamment fort pour être entendue.

Il se tourna vers moi.

— Elle n'a pas avalé ce truc de son plein gré ! affirmai-je avec véhémence. On le lui a vidé de force dans la bouche. C'est aussi visible que le nez au milieu de votre visage ! Je vous croyais plus malins dans les villes ! Chez nous, le constable Guffy lui-même aurait tout de suite...

— Chut, Tantine ! m'intima Howie à voix basse.

Rafferty me jeta un regard destiné à me faire rentrer sous terre, mais qui demeura sans effet :

— On le lui a fait avaler de force, dit-il d'un ton sarcastique, et elle s'est laissé faire sans crier au secours ou quoi que ce soit.

— Elle a peut-être crié, si le gardien était à écouter le klaxon, il ne pouvait point l'entendre, pas vrai ? Ou peut-être encore l'assassin lui a-t-il plaqué en même temps quelque chose sur la bouche jusqu'à ce que le poison ait fait son œuvre. Ça n'a pas dû demander plus de...

— Navré de vous décevoir, dit-il en m'interrom-

16

pant d'un air condescendant, mais il s'agit d'un suicide. Et en voici la raison.

Rafferty sortit de sa poche un bout de papier qu'il déplia pour que nous puissions lire ce qui s'y trouvait écrit au crayon :

Inutile de nous revoir. Tu feras mieux de te trouver quelqu'un d'autre et de m'oublier. — JOE.

— Elle avait ça dans son gant, m'expliqua Rafferty. Ce Joe l'a laissée tomber et elle a voulu en finir avec l'existence. Vous êtes satisfaite, maintenant, madame ?

— Ne m'appelez pas madame, glapis-je. Je suis encore demoiselle ! Si vous saviez vous servir de vos yeux, vous verriez qu'on l'a bien forcée à avaler ce poison ! Sa lèvre inférieure a été coupée tellement on y a pressé le bord du flacon. Bon sang, point n'est besoin d'être détective pour...

— Ça ne veut rien dire, interrompit-il. Dans les spasmes de son agonie, elle s'est mordu la lèvre. J'ai vu ça bien des fois. C'est douloureux de s'empoisonner au cyanure, vous savez ? Il est même possible que ses dents aient écrasé l'orifice du flacon.

Là-dessus, Rafferty me tourna le dos, estimant sans doute qu'il avait suffisamment perdu de temps avec moi comme cela, et alla faire des déclarations à deux journalistes, qui s'étaient ramenés dans l'entre-temps.

— Venez, Tantine, allons-nous-en d'ici. Ils n'ont plus besoin de nous, maintenant...

Howie dut presque m'entraîner de force vers la sortie, car j'étais en rogne et, quand je suis en

17

rogne, plus rien ne peut me dissuader de faire ce dont j'ai envie.

Lorsque nous arrivâmes sous le portique, j'entendis Rafferty qui disait aux journalistes :

— ... amour contrarié. Elle n'a pas pu endurer ça. Ce sont des choses qui arrivent tous les jours. Nous ignorons encore son identité, mais nous la connaîtrons sûrement ce soir...

— C'est un meurtre ! dis-je au passage, du coin des lèvres.

Rafferty fit volte-face :

— Hé ! la petite dame, vous voulez faire mon boulot ? s'enquit-il d'un ton sarcastique.

— Pourquoi n'essayez-vous pas de le faire vous-même ? rétorquai-je avant que Howie ait pu m'en empêcher.

Après que nous eûmes dîné chez lui, mon neveu me dit :

— J'avais des billets pour une très intéressante conférence sur les Mayas qui a lieu ce soir, mais je crains que ce ne soit trop fatigant pour vous, après toutes les émotions de cet après-midi.

— Oui, convins-je, une conférence, ça serait vraiment trop pour moi.

Mais nous ne jouâmes pas au bésigue, car il manquait des cartes. Je les avais moi-même jetées dans le vide-ordures, pour être bien sûre qu'on ne les retrouverait pas.

Il y eut encore une fois un coup de téléphone dû à un faux numéro, et Howie eut bien du mal à convaincre la personne se trouvant à l'autre bout du fil qu'il n'était pas lui-même. Je l'entendis dire qu'il essaierait d'arranger ça plus tard... Sans doute un rendez-vous avec la direction des téléphones, qui s'obstinait à donner de faux numéros !

Je souhaitai une bonne nuit à mon neveu et me retirai dans ma chambre. Je n'avais pas plutôt refermé ma porte que j'entendis Howie prendre ses cliques et ses claques. Je souris et m'en fut chercher mon sac à main pour me préparer, moi aussi, à aller faire un petit tour en ville. Soudain, je me figeai sur place, tandis qu'un frisson me parcourait l'échine...

Le sac était bien en cuir noir, comme des milliers d'autres, mais il semblait avoir quelque peu rétréci. Quand je l'ouvris, je me rendis compte que je m'étais trompée. J'avais pris le sac de la morte et laissé le mien près du cadavre. On y voyait si mal dans cette satanée cuvette de Grant ! Pas étonnant qu'ils n'aient pu identifier la fille !

L'espace d'un instant, je pensai à ce que les gens diraient, chez nous, en apprenant que, à mon âge, j'avais été abandonnée par l'homme que j'aimais et m'étais empoisonnée dans le Tombeau de Grant ! Mais je ne tardai pas à me rassurer, en me rappelant que mon sac ne contenait rien qui permît de m'identifier ; juste un paquet d'épingles à cheveux et environ un dollar en menue monnaie.

D'une main tremblante, je vidai le sac de la morte. Ça ressemblait un peu à une profanation de tombe, mais ce n'était pas ma faute si je m'étais trompée de sac. Celui-ci contenait un tube de rouge à lèvres, des pastilles de menthe, quelques pièces de monnaie et un horoscope provenant d'une machine automatique. Je ne pus me retenir de frémir quand je lus : « *Vous allez faire un grand voyage.* »

Pour ça, oui... un grand voyage d'où l'on ne revient pas. Pauvre petite !

Il y avait aussi un mouchoir marqué L. W., une clef de chambre, et ça me parut être tout. Je fus désappointée. J'avais espéré découvrir quelque chose m'indiquant qui était la morte et où elle habitait.

Cependant, comme ma main continuait à fouiller à l'intérieur du sac, mes doigts rencontrèrent la tirette d'une fermeture Eclair que j'actionnai. Dans ce compartiment secret, je trouvai un reçu, pour une semaine de location de chambre, au nom de *Mary Anderson* et signé *Anna Murphy*... Rue La Salle. Il y avait également, dans cette poche, une lettre émanant d'un militaire qui se trouvait quelque part dans le monde. Elle était adressée à Lana Wright, au *Lester Hotel*. La censure y avait fait des coupes claires, mais ce qui restait lisible indiquait clairement que le militaire en question était fiancé à Lana. C'était signé *Bob*.

Tout d'abord, cela me déconcerta. Qui était la morte ? Mary Anderson ou Lana Wright ? Je téléphonai aussitôt au *Lester Hotel,* et l'on me répondit que Miss Wright n'habitait plus là, qu'elle était partie trois semaines auparavant, en leur laissant presque tous ses bagages, qu'elle n'était pas revenue chercher.

Il était facile de comprendre que cette petite avait dû aller se cacher rue La Salle sous un nom d'emprunt. Ça pouvait même se parier à deux contre un : le mouchoir et la lettre contre la quittance de loyer.

Pour moi ça réglait la question. Si cette petite était fiancée à un nommé Bob, elle ne s'était sûrement pas empoisonnée pour l'inconstance d'un nommé Joe.

Dès le début, je m'étais doutée que ce bout de papier avait été laissé pour égarer la police, et le coup avait réussi. Les flics ne trouveraient jamais qui était Joe, pour la bonne raison qu'il n'existait pas de Joe dans cette histoire. Après quelques recherches infructueuses, ils classeraient l'affaire, estimant inutile de perdre davantage de temps à propos d'une querelle d'amoureux.

Eh bien! moi, Agatha Appleby, j'étais plus maligne que ça! Avant même de m'en être rendu compte, je me préparais déjà pour aller rue La Salle, chez Lana, voir si je pouvais y découvrir quelque indication utile. Je mis mon chapeau, enfilai mes gants tricotés et reboutonnai les trois ou quatre boutons supérieurs de mes bottines, que je déboutonne toujours quand je suis à la maison, pour faire roue libre.

Le portier parut surpris de me voir sortir toute seule à dix heures du soir, et je lui décochai un clin d'œil :

— Si mon neveu... Mr Griffith, rentrait avant moi, inutile de lui dire que vous m'avez vue sortir.

Je lui fourrai dans la main une pièce de cinq *cents* datant de 1919 et qui n'avait plus cours.

Je continuai mon chemin sans attendre ses remerciements.

Je ne savais pas au juste ce qui me poussait à l'action, sinon qu'un crime avait été commis et que son auteur devait être châtié. Inutile de me dire que ça ne me regardait point. Un meurtre, ça regarde tout le monde. Et si ce grand balourd qui avait été chargé de l'enquête ne savait pas voir ce qui était sous son nez, Agatha Appleby allait se charger de lui ouvrir les yeux.

Bien entendu, pour aller rue La Salle, je dus demander mon chemin. Evidemment, j'aurais pu prendre un taxi, mais si vous vous imaginez Agatha Appleby capable d'une chose pareille alors qu'il y a des autobus, vous ne la connaissez pas.

Quand j'arrivai rue La Salle, je m'aperçus avec surprise que c'était dans le même quartier que le Tombeau de Grant. Cela acheva d'ancrer en moi la conviction que la jeune fille n'était pas entrée de son plein gré dans le monument. Je ne sais pas à quoi cela tient, mais les gens ne vont jamais visiter les lieux célèbres qui se trouvent dans leur quartier.

Toutefois, j'imaginais mal qu'on ait pu la traîner de force à l'intérieur du monument, en plein jour et au milieu de tous ces étudiants. La seule explication que je pus trouver, c'est qu'elle avait dû entrer là pour y chercher refuge, essayer d'échapper à quelqu'un. Mais l'assassin l'avait vue, l'avait suivie, l'avait rejointe dans l'escalier après le départ des autres visiteurs, et... avait fait exactement ce qu'il avait l'intention de faire.

J'avais trouvé une réponse au *Comment*. Restaient le *Qui* et le *Pourquoi*. C'était justement pour essayer de découvrir ce *Qui* et ce *Pourquoi* que je me trouvais, à dix heures et demie du soir, rue La Salle.

Même en temps normal, cette rue ne devait pas avoir un aspect très engageant. Elle avait un air oublié, comme si la ville l'avait abandonnée là en passant. Il y a des rues comme ça, des rues qui paraissent mortes, et celle-ci, dans l'ombre, semblait s'effriter chaque instant davantage. L'éclairage très

22

« défense passive » accentuait encore cette mauvaise impression. Cette rue La Salle faisait penser à un piège prêt à vous engloutir dès que vous vous y aventureriez.

L'immeuble dont j'avais trouvé l'adresse sur la quittance de loyer ne valait pas mieux que les autres. A une ou deux fenêtres, on voyait transparaître une lueur orangée, mais le reste était plongé dans les ténèbres. Plantée de l'autre côté de la rue, j'examinai cette façade hostile, en rassemblant tout mon courage. Même morte, cette jeune fille ne m'avait pas donné l'impression de devoir habiter un coin pareil. Cela me renforça dans ma conviction qu'elle avait dû venir s'y cacher ; pour fuir quelqu'un ou quelque chose dont elle avait atrocement peur.

Ce danger inconnu avait-il disparu avec elle ? Probablement, mais à condition qu'on ne s'occupe pas de cette affaire. Si je m'en mêlais, je risquais de m'attirer des représailles. Cela aurait dû m'inciter à retourner sur-le-champ chez mon neveu, mais Agatha Appleby, sachez-le, n'est pas femme à faire une chose à moitié.

Ayant bien respiré à fond, je traversai la rue et entrai résolument dans la maison. Après avoir franchi la porte, que n'importe qui pouvait franchir, on découvrait l'amorce d'un escalier dont les marches noircies par le temps étaient en partie recouvertes par un linoléum usé jusqu'à la trame. J'entrepris de monter, en me faisant aussi légère que possible, mais mon ascension n'en fut pas moins accompagnée par un véritable concert de gémissements et de craquements.

Un disque de carton sale était attaché à la clef que j'avais trouvée dans le sac souillé par tant de doigts que c'était à peine si l'on pouvait encore y distinguer le chiffre 5. Au premier étage, à l'arrière de la maison, je découvris une porte arborant ce chiffre. Je collai d'abord mon oreille au battant, puis introduisis la clef dans la serrure. La porte grinça un peu, mais s'ouvrit.

Tout d'abord, je me trouvai dans les ténèbres les plus complètes. Ce qui rendait ma situation encore plus effrayante, c'est que je savais être dans la chambre d'une morte. Ça me faisait l'effet de visiter une tombe. J'eus beau tâtonner le long du chambranle de la porte, je ne trouvai pas de commutateur. Toutefois, comme, d'un instant à l'autre, quelqu'un pouvait survenir dans le couloir, je n'osai pas demeurer plus longtemps sur le seuil de la pièce. Je pris donc mon courage à deux mains, achevai d'entrer, et refermai la porte. Après quoi, les bras étendus devant moi comme une somnambule, j'entrepris de progresser pas à pas. Le résultat de ces précautions fut exactement ce que je voulais éviter à tout prix. Ma hanche heurta quelque chose et, avant que j'aie pu l'en empêcher, ce quelque chose alla se briser par terre.

Une main glacée étreignit mon cœur, tandis que ce fracas me semblait retentir dans toute la maison. Qui allait-il attirer ? Mais, après un moment, n'entendant personne venir aux renseignements, je me rappelai que, dans la maison, on devait ignorer la mort de Lana. Si donc le bruit avait été entendu, on avait tout naturellement supposé que la jeune fille en était l'auteur. Ou se pouvait-il que quelqu'un fût au courant ?

Enfin, comme j'avais repris ma progression en avant, un cordon frôla mon front. Je le tirai ; la pièce

24

s'éclaira. Je poussai un soupir de soulagement et regardai autour de moi.

C'était vraiment une chambre minable et, en définitive, elle ne s'était même pas révélée une bonne cachette. Elle contenait une commode, un lit de fer, une chaise au cannage à demi défoncé ; quant au truc que j'avais envoyé dinguer, c'était un verre à dents qui devait se trouver au bord de la table de toilette.

Tandis que je rassemblais les débris de verre du bout de ma bottine, je me sentis pâlir. Je savais ce que cela signifiait. Appelez ça superstition de bonne femme si vous voulez, mais, depuis que je suis née, j'ai toujours vu ce présage se vérifier. Casser un verre veut dire : « Vous allez recevoir des visites. »

Comme mon regard se portait un peu plus loin sur le parquet, je vis un rectangle blanc près de la porte. Une lettre qui avait dû être glissée sous le battant et que j'avais repoussée de côté en entrant. Si cette lettre était toujours là, c'est qu'elle avait dû arriver après que l'occupante de la chambre fut sortie pour la dernière fois.

Je la ramassai.

L'enveloppe ne portait aucune indication de nom ; la personne qui l'avait glissée sous la porte devait donc être bien sûre de l'identité de la locataire.

J'ouvris l'enveloppe sans hésiter. Maintenant, ça n'avait vraiment plus d'importance. Ça n'était pas comme lorsqu'on lit le courrier d'une personne encore en vie. Et puis, d'abord, le rabat n'avait pas été collé.

Le contenu de l'enveloppe me déconcerta : de minuscules bouts de papier colorés, semblables à des confetti. Il y avait également une demi-feuille de papier à lettres, mais, quand je la sortis de l'enveloppe, je constatai qu'elle était également vierge de toute inscription. Je la retournai machinalement et découvris alors quatre minuscules fragments de papier journal qui étaient collés au dos. Sur chacun d'eux, un seul mot : *le silence est d'or.*

Le silence est d'or.

Mais je ne comprenais toujours pas ce que le contenu de l'enveloppe pouvait signifier. Avant que j'aie eu le loisir d'approfondir la question, sans avertissement aucun, un coup léger fut frappé à la porte.

Mon sang ne fit qu'un tour et je demeurai comme pétrifiée sur place. Qui venait frapper chez une morte ? Je ne tenais pas à le savoir, mais force m'était bien de rester là, puisque je ne pouvais pas m'en aller.

On frappa de nouveau et plus fortement.

J'ouvris mon sac — qui était celui de la morte — et y vidai rapidement le contenu de l'enveloppe. Puis je collai le rabat et reposai vivement l'enveloppe près de la porte, pour le cas où cette personne, surgissant si mal à propos, serait au courant du message. Peut-être venait-elle chercher la réponse ?

En regardant autour de moi, j'avais remarqué un début de tricot, avec les aiguilles fichées dans la pelote de laine, posé sur la commode. Je le pris vivement en main, fourrai la pelote sous mon bras, et m'en retournai vers la porte, au moment précis où le bouton se mettait à tourner.

— Qui est là ? m'enquis-je calmement, comme si j'étais la légitime occupante de la chambre.

— C'est la propriétaire, répondit une voix de femme, puis la porte acheva de s'ouvrir, découvrant un grand corps osseux.

26

Quand elle me vit lui sourire aimablement, tout en continuant de tricoter, le visage de la femme exprima l'ahurissement :

— Qui êtes-vous ? Où est Miss Anderson ?

— Je suis sa tante de Buffalo, ronronnai-je. Je suis venue lui faire une petite visite en surprise. Elle m'a donné la clef en me disant de l'attendre ici. Elle va arriver d'une minute à l'autre.

— Ah ? fit la propriétaire d'un air soupçonneux.

Son regard me détailla, mais je devais vraiment correspondre à l'idée qu'elle se faisait d'une tante de province, car elle reprit :

— Je voulais simplement savoir si elle comptait garder encore la chambre. La semaine finit demain, et j'aimerais bien être fixée.

— Je le lui demanderai dès qu'elle sera de retour, assurai-je, non sans un petit frisson. A force de penser à la mort et de tripoter ce qui avait appartenu à Lana, je finissais par craindre que ça puisse être contagieux.

Toutefois, mon interlocutrice semblant être assez inoffensive, j'essayai de lui soutirer quelques renseignements :

— Il y a longtemps que ma nièce habite ici ?

— Ça fait trois semaines.

Donc la terreur de Lana datait au moins de trois semaines.

— Sort-elle beaucoup ?

— Pour ça, non. Y a même des jours où elle ne met pas le nez dehors.

Pauvre petite, elle avait trop peur !

— Est-ce qu'elle reçoit des visites ?

— Non, personne.

C'était à peu près tout ce que je pouvais espérer

tirer de la propriétaire, aussi la reconduisis-je jusqu'à la porte. Dès que j'eus entendu son pas s'éloigner dans le couloir, je revins à mes confetti. Je les versai sur la commode, en pleine lumière, afin de les mieux examiner. Quand j'en découvris un portant le chiffre 1, je ne fus pas longue à comprendre. La couleur et les fragments de dessins achevèrent de me mettre sur la voie. Quelqu'un avait déchiré un billet d'un dollar en menus morceaux.

Comme je continuais à retourner les minuscules fragments du bout d'un ongle, je tombai sur un autre portant le chiffre 0. Il s'agissait donc d'un billet de dix dollars. Un instant plus tard, je découvris un second zéro. Je me dis qu'il devait provenir d'un autre angle, puisque ces billets portent l'indication de leur montant, en chiffres, aux quatre coins. Je me mis néanmoins en devoir de reconstituer le billet sur le marbre de la commode, à la façon d'un puzzle.

Au début, tout alla bien et je dus me convaincre qu'il s'agissait d'un billet de mille dollars, mais je ne tardai pas à constater que je n'aurais sûrement pas assez de petits morceaux pour le reconstituer en totalité. Un moment plus tard, je me rendis compte que l'ensemble des fragments formait la moitié d'un billet de mille dollars, fort proprement coupé en deux, à l'aide, sans doute, d'une grande paire de ciseaux.

C'était un indice, mais qui semblait m'enfoncer davantage encore en plein cirage. Lana avait reçu un avertissement : *le silence est d'or*. Ça, du moins, c'était clair. Mais quelle était la signification de cette *moitié* d'un billet de mille dollars, déchirée en menus morceaux ?

Puis, à force de tourner et retourner en mon esprit

les faits connus de moi, je finis par comprendre. Je m'étais trompée : ce message n'était pas *arrivé après,* mais *avant* la dernière sortie de Lana.

C'était un demi-billet intact qu'elle avait reçu, et c'était Lana qui l'avait déchiré, puis remis dans l'enveloppe, en guise de réponse. Après quoi, sachant ainsi sa retraite découverte, elle avait pris la fuite ; malheureusement, c'était trop tard.

Mais pourquoi un *demi*-billet de mille dollars, une chose inutilisable en soi ?

De toute évidence, ce devait être un appât signifiant : *L'autre moitié t'attend où tu sais.* Il suffisait à Lana d'aller chercher cette seconde moitié et de recoller les deux morceaux avec un bout de papier gommé pour que ce rien du tout devînt mille dollars. Oui, un appât ; une fois que Lana serait allée où ils voulaient l'attirer, elle n'en serait jamais ressortie vivante. Elle n'était pas tombée dans le piège, mais ça n'avait pas suffi à la sauver, car ils la surveillaient déjà. En voyant que Lana cherchait à prendre la fuite, ils lui avaient donné la chasse jusque dans le Tombeau de Grant, et, là, ils l'avaient assassinée, en donnant à sa mort l'apparence d'un suicide.

Où Lana devait-elle aller chercher la seconde moitié du billet ? Si seulement je l'avais su, j'y serais allée moi-même, car c'était sûrement là que j'aurais trouvé la réponse au *Qui* comme au *Pourquoi,* et non pas dans cette chambre ou à l'intérieur du Tombeau de Grant.

Mais où était-ce ?

Je me mis à fureter dans toute la pièce, cherchant quelque indice susceptible de me mettre sur la voie. Je ne trouvai rien. Si aucune indication n'avait été donnée dans le message, c'était que Lana savait où aller. Malheureusement, Lana était morte et ne pouvait plus me renseigner.

Je me tenais devant la commode, indécise, une main encore sur un des tiroirs, quand, dans le miroir en face de moi, il me sembla voir quelque chose bouger.

Un moment auparavant, j'avais bien entendu un léger craquement, comme si quelqu'un passait devant la porte à pas feutrés, mais j'étais trop absorbée dans mes pensées pour y prêter davantage attention, d'autant que cela ne s'était pas répété. A présent, je me rendais compte que je n'avais entendu aucun bruit de porte dans le couloir, mais c'était trop tard.

Les débris du verre à dents gisaient toujours sur le parquet : *Vous allez recevoir des visites.* Une fois de plus, le présage n'avait pas menti.

Quand le mouvement recommença dans le miroir, il me sembla que mon cœur s'arrêtait de battre. Je fus un moment avant de comprendre qu'il s'agissait de l'enveloppe — vide maintenant — que j'avais déposée près de la porte, après en avoir collé le rabat. Comme je la regardais fixement dans le miroir, je me rendis compte que la tache blanche qu'elle faisait sur le parquet sale diminuait.

Quelqu'un la tirait doucement sous la porte !

Pensant que nul n'avait encore vu l'enveloppe, cette personne regrettait de l'avoir envoyée à Lana et voulait la récupérer avant que quelqu'un d'autre — la police notamment — la découvrît chez la morte !

Je demeurais là, comme hypnotisée, n'osant me retourner et continuant à regarder l'enveloppe dans la glace. Car j'éprouvais une étrange sensation de picotement sur la nuque et tout le long du dos, m'avertissant que quelqu'un m'observait par le *trou* de la serrure. Je ne voulais pas me trahir en montrant l'effroi peint sur mon visage. Tant que je tournais le dos, on ignorait que je m'étais rendu compte du manège.

Le trou de la serrure était semblable à un trèfle à trois feuilles qui se détachait, noir, sur la porte grise, mais un œil se dissimulait derrière lui. Ne me demandez pas ce qui m'en donnait la certitude : ce sont des choses que l'on sent, mais on ne peut les expliquer.

Il me fallait continuer à agir avec calme. Si je sursautais ou faisais un geste trop brusque, *on* saurait que j'étais au courant. *On* me prenait probablement pour une parente ou une voisine, inoffensive aussi longtemps qu'elle ignorait le contenu de l'enveloppe. Si l'*on* pouvait récupérer cette enveloppe sans que je m'en aperçoive, *on* me laisserait tranquille. Oui mais, d'ici un moment, dès qu'*on* aurait regagné la rue avec l'enveloppe — sinon avant ! — *on* se rendrait compte que je connaissais le contenu de ladite enveloppe, puisqu'elle était maintenant vide !

Alors ça changerait tout. Il faudrait que je sois mise hors d'état de nuire. *On* remonterait probablement aussitôt pour me régler mon compte sur place. Dans cette chambre, ce serait relativement facile. Une fiole de poison, comme pour Lana... ou bien un coup de couteau... ou tout simplement deux robustes mains d'étrangleur.

Entre le moment où l'enveloppe achèverait de disparaître sous la porte et celui où l'on se rendrait compte de l'inutilité de cette récupération, j'aurais, au maximum, une ou deux minutes devant moi. Il me faudrait faire vite. Bien entendu, si la chance était contre moi, *on* examinerait le contenu de l'enveloppe dans le couloir même, et je serais cuite. Mais il me paraissait beaucoup plus probable qu'*on* attendrait d'être dans la rue pour opérer une vérification, et je misais là-dessus.

Il n'y avait plus maintenant qu'un petit coin de l'enveloppe à demeurer visible et, l'instant d'après, elle disparut complètement. Je courus le risque de supposer que l'œil s'écartait en même temps du trou de la serrure. Toujours sans me retourner, j'étendis la main derrière moi, finis par accrocher le cordon de la lampe, et plongeai la pièce dans l'obscurité. L'instant d'après, l'oreille collée à la fente de la porte, j'entendis ce que j'espérais entendre ; le léger bruit d'un pas qui s'éloignait.

Pour lui donner le temps de mettre la moitié d'un étage entre nous, je comptai jusqu'à dix, mais pas plus. J'ouvris alors la porte et sortis dans le couloir. Je l'entendis qui achevait de descendre l'escalier, puis son pas résonna sur le carrelage du petit vestibule et sortit dans la rue.

A mon tour, je commençai à descendre l'escalier. Mon idée était de gagner le rez-de-chaussée avant qu'on revînt, puis de profiter de ce qu'*on* serait de nouveau au premier étage pour jouer des flûtes. Mais j'avais mal calculé mon coup. Ils devaient se trouver plus près de la maison que je ne l'avais supposé, attendre dans une voiture ou quelque chose comme ça. En tout cas, je n'étais pas encore parvenue à mi-hauteur de l'escalier que je les entendis revenir. Je dis « les », car, cette fois, ils étaient deux. L'un deux racontait d'une voix rauque :

32

— Y avait une vieille qui se tenait immobile dans la chambre. C'est sans doute une parente de la petite et elle a dû...

— Dans ce cas, elle en sait trop et il faut nous occuper d'elle tout de suite ! fut la réponse qui me glaça le sang dans les veines.

Je n'avais plus qu'une chose à faire : remonter. J'opérai une volte-face, en priant le ciel que le craquement des marches ne me trahît point. Mais ils faisaient beaucoup plus de bruit que moi et ne pouvaient rien entendre.

Je me gardai bien de retourner dans la chambre, puisque c'était là qu'ils allaient. Arrivée sur le palier, je suivis la rampe et continuai de monter jusqu'à ce que je fusse hors de vue. Alors je m'arrêtai, plaquant mon corps contre le mur et essayant de retenir ma respiration haletante.

Je les entendis s'engager dans le couloir, au-dessous de moi. Il y eut un bref silence, puis ils enfoncèrent la porte et firent irruption dans la chambre déserte. Ils en ressortirent aussitôt.

— Bon sang ! dit l'un. Ça prouve qu'elle avait pigé !

— Oui. Faut l'arrêter avant qu'elle puisse mettre quelqu'un d'autre au courant.

Ils se dirigèrent de nouveau vers le palier :

— Elle a dû monter par là, car personne n'est sorti depuis que je suis redescendu...

C'est alors que, en essayant de reprendre mon ascension pour m'éloigner d'eux, je fis une horrible découverte.

L'escalier n'allait pas plus haut.

La maison comportait plusieurs étages, mais on ne devait plus les utiliser, et l'escalier était coupé par une barricade pour qu'on ne pût accéder aux étages supérieurs. Voilà pourquoi presque toutes les fenêtres étaient obscures et pourquoi la façade de la maison avait cet air hostile, abandonné, quand je l'avais examinée de la rue.

La lumière provenant de l'étage inférieur s'arrêtait au virage de l'escalier et, pour cette raison, je ne m'étais pas rendu compte que j'étais dans un cul-de-sac, avant de me heurter à la solide barricade.

A présent, ma situation était pire qu'auparavant. Si j'étais restée dans la chambre, j'aurais pu feindre l'ignorance et, peut-être, m'en tirer. En m'enfuyant dès que l'autre avait tourné les talons, je m'étais trahie. Ils savaient maintenant que je connaissais le contenu de l'enveloppe.

Une horrifiante silhouette apparut dans le rectangle lumineux que la lampe du premier étage projetait sur le mur, montant lentement vers la barricade contre laquelle je m'aplatissais et qui ne voulait pas me livrer passage. A mesure qu'elle s'éloignait de la lampe, l'ombre devenait de plus en plus énorme, comme si elle enflait. Elle tourna et je vis le profil de l'homme sous le bord du feutre, sa main levée serrant quelque chose que je sus être un revolver.

Je retins le hurlement qui envahissait ma gorge et plaquai une main sur ma bouche pour m'empêcher de crier.

Dans une seconde, l'ombre allait se tourner vers moi, devenir de chair et d'os avant de bondir sur sa proie. Je fermai les yeux en pensant : « C'est la fin ! »

Soudain, l'appel d'un klaxon s'éleva par deux fois dans la rue. Ce devait être un signal convenu. Rouvrant les yeux, je vis l'ombre immobile sur le mur et, derrière elle, pareillement arrêtée, celle de l'autre homme qui commençait à poindre. De nouveau, le klaxon, en un rapide staccato. Les deux silhouettes firent demi-tour et diminuèrent rapidement.

— Les flics ! dit l'un des hommes. Ils ont dû finir par découvrir où elle habitait ! Vite, filons !

L'instant d'après, les ombres avaient quitté le mur, et j'étais de nouveau seule dans l'escalier. Tout d'abord, je me sentis trop faible pour me remettre en mouvement et, quand je pus de nouveau me relever, d'autres pas gravissaient rapidement l'escalier au-dessous de moi. La police, à présent !

Cette fois, ma vie n'était plus en danger, mais je jugeai préférable de ne pas me montrer. Les flics me retiendraient, me poseraient toutes sortes de questions et m'empêcheraient d'agir à ma guise.

J'attendis donc encore une minute ou deux, le temps qu'ils soient tous entrés dans la chambre, puis je descendis sur la pointe des pieds.

Mais, de nouveau, je fus refaite !

Il en arriva encore un, en retard sur les autres, et il me surprit juste au pied de l'escalier, sans même que j'aie eu le temps de remonter comme je l'avais fait précédemment. Et, pour comble de malheur, je reconnus, dans ce retardataire, ma bête noire. Rafferty !

Cela n'avait rien de surprenant, puisqu'il était chargé de l'enquête. L'échange des sacs les avait simplement empêchés de trouver tout de suite le domicile de la victime.

Rafferty était forcé de passer près de moi et, si je le reconnaissais, comment vouliez-vous que lui, un policier professionnel, ne se souvienne pas de ma tête ?

Je tirai vivement une mèche de cheveux sur mon front et plissai mon visage, m'efforçant de ressembler le plus possible à une vieille sorcière, puis je continuai mon chemin en traînant la patte. Je l'entendis s'arrêter après m'avoir dépassée et il dut se retourner pour me suivre du regard, car il me lança :

— Hé ! Est-ce que je ne vous ai pas déjà rencontrée quelque part ?

— Non, vous repasserez ! J' connais la chanson ! D'puis quand qu'une honnête femme n' peut plus sortir boire un coup de bière la nuit, sans qu'on cherche à abuser d'elle ? rétorquai-je avec hauteur en continuant mon chemin sans me retourner. Y a des flics dans la maison, vous v'lez-t'y que j' les appelle ?

Ma menace le laissa pantois et je pus gagner la rue avant qu'il se soit ravisé. Dès que je fus hors de vue, il me sembla que j'avais des ailes aux talons et, bien qu'à contrecœur, je regagnai l'appartement de Howie.

Je dus réveiller le portier, car c'était Howie qui détenait l'unique passe, mais quand je voulus lui donner encore cinq *cents* pour son dérangement, il prévint mon geste :

— Non, s'il vous plaît, Miss Appleby ! me dit-il avec un grand sérieux. Ça ferait vraiment trop dans la même journée !

J'avais craint que Howie ne m'entendît rentrer, mais c'était un souci superflu. Il ronflait à poings fermés sur le sofa du living-room. Il avait rapporté avec lui une de ces lanternes rouges destinées à signaler les travaux dans les rues et je vis des dés sur le tapis. J'en conclus que, ce soir-là, c'étaient probablement des hommes qui avaient appelé son numéro de téléphone par erreur.

Le lendemain matin, nous nous levâmes, l'un et
l'autre, bien plus tard que la veille. Je constatai que
mon neveu ingurgitait verre d'eau sur verre d'eau et
qu'il se promenait dans l'appartement avec, en guise
de coiffure d'intérieur, des cubes de glace enveloppés
dans un mouchoir.

— Je crains de ne m'être pas assez occupé de vous,
Tantine, dit-il sans trop de conviction. Je songeais à
vous conduire aujourd'hui dans une galerie de
tableaux...

— Ne serait-ce pas aussi bien demain? demandai-
je.

Il acquiesça aussitôt et je poussai intérieurement
un « ouf » de soulagement. Je n'aurais pas pu passer
mes nuits à enquêter sur un assassinat et mes
journées à visiter des musées sans que ma santé s'en
ressentît. Or, comme des deux, c'était l'enquête que
je préférais, tout allait ainsi pour le mieux!

Malgré tout, il y eut une visite que je tins absolument à faire, mais seule : celle de la Bibliothèque
municipale.

La propriétaire de la rue La Salle m'avait dit que
Lana était chez elle depuis trois semaines. Or nous
étions au 20 septembre. Ça remontait donc à fin
août, début septembre. A la Bibliothèque, je demandai toutes les collections de journaux, à partir du
27 août. Ils ne voulurent m'en donner qu'un à la fois,
pour m'obliger sans doute à faire je ne sais combien
de voyages entre le comptoir et ma place.

Le 4, le 5, le 6 septembre rien. Mes vaines
recherches devenaient fastidieuses, mais je m'encou-

rageai : « Te dégonfle pas, Aggie ! Ça serait bien la première fois de ta vie ! »

Aussitôt un gardien vint me taper sur l'épaule :

— Chut ! On ne parle pas, ici !

Je l'ignorai avec superbe et m'attaquai au 7 septembre.

J'avais bien fait de ne pas désespérer, car je tombai presque immédiatement sur quelque chose d'intéressant. Il s'agissait d'un article à la page 2, pas très important, mais, dès que je l'eus parcouru, je sentis que c'était ça. Avant d'en reprendre la lecture, je me baissai et déboutonnai le haut de mes bottines, afin de pouvoir réfléchir plus à l'aise.

L'entrefilet était simplement intitulé : *Une disparition* et relatait l'histoire d'un nommé Tim Daly, un joueur apparemment bien connu dans le monde des boîtes de nuit et des dancings, disparu depuis une semaine environ. Il avait été vu pour la dernière fois en vie aux petites heures du 31 août. Une personne de sa connaissance l'avait rencontré dans la rue, et Daly lui avait dit qu'il s'en allait à une boîte connue sous le nom de *La dernière escale*. Depuis lors, nul ne l'avait revu. Après vérification, la police avait découvert que Daly n'avait même jamais atteint *La dernière escale*. On avait également établi que la boîte en question était fermée à l'heure où Daly *aurait pu* y arriver. La police avait appris aussi qu'une forte somme était due au disparu pour un gain qu'il avait fait aux courses. Mais, en enquêtant à son hôtel, on avait découvert une enveloppe qui l'attendait. Elle contenait trente et un billets de mille dollars.

Pour deux raisons, je fus certaine que c'était là ce que je cherchais. D'abord, à cause des billets de mille dollars et, aussi, parce que l'élément temps concordait. Tim Daly avait disparu le dernier jour d'août, bien que la police ait seulement été alertée une semaine plus tard, et c'était aussi à cette date que Lana Wright était venue se cacher rue La Salle. Si mon intuition ne me trompait pas et si ces deux faits avaient la même cause, il était clair que Lana devait savoir ce qui était arrivé à Tim Daly, et c'était pour cette raison qu'on l'avait assassinée.

« Ce Daly a déclaré qu'il se rendait à *La dernière escale,* me dis-je. Or, quand des gens disparaissent, le dernier endroit où ils ont dit aller est ordinairement le dernier endroit où ils sont allés ! »

Je décidai donc de me rendre, moi aussi, à *La dernière escale,* le soir même. Je resterais tranquillement assise dans mon coin, l'œil et l'oreille aux aguets. On verrait bien ce que ça donnerait.

J'étais très satisfaite de mon après-midi de recherches.

*
**

Ce soir-là, je me « retirai » de bonne heure, pour inciter Howie à en faire autant et nous permettre ainsi à tous deux de ne pas ressortir trop tard. En effet, il y avait encore eu une erreur de numéro que mon pauvre neveu avait dû s'employer à rectifier. J'avais donc tout préparé pour m'en aller, enfin seulette, visiter une boîte de nuit, comme il y avait un demi-siècle que je rêvais de le faire.

Estimant que le portier de Howie pouvait aussi bien être utile que décoratif, je lui demandai où se trouvait *La dernière escale* et par quel moyen on pouvait s'y rendre.

— Non que j'aie l'intention d'y aller moi-même !

me hâtai-je de lui assurer en voyant l'expression horrifiée de son visage. Mais je suis curieuse de savoir dans quel quartier ça se trouve.

De l'extérieur, cette « dernière escale » ne faisait pas grande impression. Juste une porte surmontée d'un petit dais, laissant filtrer une clarté fumeuse jusqu'au trottoir.

J'entrai.

A droite, il y avait le vestiaire confié à la garde d'une jeune fille. Je me dirigeai aussitôt de ce côté et engageai la conversation avec elle, afin de tâter un peu le terrain où je m'aventurais. Je demandai à la petite si elle travaillait là depuis longtemps. « Trois semaines », me répondit-elle. J'estimai qu'elle aurait donc fort bien pu remplacer feu Lana Wright.

— Vous connaissiez celle qui s'occupait du vestiaire avant vous ?

— Non. J'ai simplement entendu dire qu'elle les avait laissés tomber sans avertissement. Probablement pour se marier.

« Drôles de noces ! » pensai-je. Puis je demandai à mon interlocutrice si elle était satisfaite de son patron, s'il la traitait bien ?

Le regard de la petite s'illumina de plaisir :

— Oh ! oui, Mr Brenner est épatant. Toujours plein d'attentions ! Chaque soir, quand on ferme, il vient lui-même s'assurer que je rentre bien chez moi. Il ne veut pas me voir faire ne fût-ce que cinq minutes de rab !

« Qu'est-ce qui lui a donné cette manie ? me demandai-je. Est-ce que Lana serait restée un peu trop tard certain soir et aurait vu quelque chose qu'elle n'aurait pas dû voir ? Etait-ce pour cette

40

raison que le patron veillait maintenant avec tant de sollicitude sur la nouvelle employée ? »

Je remontai mon corset d'un geste énergique et entrai résolument dans la salle.

C'était plein de monde, mais, comme chacun semblait s'amuser follement, personne ne me prêta la moindre attention. Je pense que, à la façon dont j'étais vêtue, ils durent me prendre pour une brave vieille entremetteuse à la sauvette. Je réussis finalement à accrocher un serveur et lui dire que j'étais une cliente... ou, du moins, que je désirais en devenir une s'il pouvait me trouver une place assise. Il me regarda comme si je lui faisais l'effet d'être tombée sur la tête, mais finit par me caser à une petite table, près de la porte de la cuisine, place dont personne n'avait dû vouloir.

Je me rendis compte qu'il me fallait prendre une consommation, si je tenais à rester. Je commandai un panaché, non seulement parce que c'est ma boisson préférée, mais aussi parce que je pensais que c'était ce qu'ils devaient avoir de moins cher. J'entendis le garçon grommeler quelque chose comme : « Elle doit faire partie du spectacle ! » mais il m'apporta néanmoins mon demi.

Je poussai un soupir de satisfaction et me baissai pour déboutonner mes bottines, ce qui est toujours mon premier souci quand je veux me mettre à mon aise quelque part. L'opération était délicate, parce que la table était très basse, mais je parvins néanmoins à la mener à bonne fin, sans rien renverser. Après quoi, je sirotai mon panaché et fis l'inventaire de la baraque. Les gens qui m'entouraient ne m'intéressaient pas : ce n'étaient que des clients. Moi, ce que je voulais voir, c'était le personnel de la direction, comme on dit. Pendant un long moment, je ne vis rien qui y ressemblât. Puis, au bout d'une bonne heure, une porte s'ouvrit de l'autre côté de la salle et un homme apparut. Refermant la porte derrière soi, il resta planté là, à regarder, comme pour se rendre compte si les affaires marchaient. Je vis un des garçons s'approcher de lui avec un chèque qu'un client venait de lui remettre et le type fit signe qu'il était d'accord. J'en conclus que ce devait être Brenner, le patron ou le directeur de la boîte.

Il se faisait tard et l'assistance commençait à se clairsemer. Je décidai de revenir le lendemain soir, avec l'espoir d'avoir plus de chance. Je fis donc signe au garçon, pour lui payer les dix ou quinze *cents* de mon panaché.

Mais, quand je vis la note qu'il me tendait, je faillis tomber de mon tabouret :

— Vous vous êtes trompé ! lui dis-je. Vous avez ajouté un zéro à la fin.

— Non, fit-il. Il n'y a pas d'erreur. C'est bien ça.

— Comment ? Un dollar cinquante pour un demi panaché ? Mais je ne me promène jamais avec tant d'argent sur moi !

— Je m'en doutais, déclara l'autre en faisant signe au maître d'hôtel d'approcher.

— Pourquoi êtes-vous entrée ici si vous n'aviez pas d'argent ?

Ils allèrent frapper à la porte du bureau et l'homme qui en était sorti précédemment fit sa réapparition. Les deux autres lui expliquèrent ce qui se passait et il me jeta un regard glacé :

— Je vous conseille de payer en vitesse ou vous resterez ici jusqu'à ce que vous ayez fait le ménage à fond !

— Mais je n'ai pas une telle somme sur moi ! protestai-je, et, avant même d'avoir réfléchi, je retournai mon sac au-dessus de la table pour prouver ma bonne foi. Le demi-billet de mille dollars que j'avais soigneusement reconstitué la veille avec du papier gommé voleta jusqu'à la table. Je m'empressai de le rattraper et le fourrai de nouveau dans mon sac, mais, à l'expression du patron, je compris qu'il avait vu ce que c'était.

Il demeura un moment sans rien dire, puis il me sourit très aimablement :

— Je voulais plaisanter, bien entendu ! Ne comprenez-vous point la plaisanterie ? Non seulement vous n'avez pas besoin de payer votre consommation, mais je vais même vous remettre ça au compte de la maison, pour bien vous prouver que je n'ai aucune animosité à votre égard.

Il se tourna vers le garçon :

— Vous servirez dans mon bureau. Madame est mon invitée.

— Si vous n'y voyez pas d'offense, j'aimerais autant m'en aller, balbutiai-je.

— Je désire absolument vous faire oublier ce petit incident, insista-t-il. Ce n'est pas si souvent que nous recevons ici de charmantes vieilles dames comme vous. Je tiens à vous marquer combien nous apprécions votre patronage.

Il me prit par le bras et m'entraîna dans son bureau. Après avoir refermé la porte derrière nous, il m'indiqua un fauteuil. Le garçon apporta mon panaché, mais le regard qu'il échangea avec son employeur ne m'échappa point. Quand le garçon fut reparti, je goûtai au contenu de mon verre et lui trouvai un petit goût salé que n'avait pas le précédent.

— Allez-y, buvez! m'encouragea Brenner. Je vais vous tenir compagnie, ajouta-t-il en se servant un verre de gnole sur son petit stock personnel.

On frappa à la porte et un jeunot, en complet gris clair et feutre rabattu, marquant plutôt mal, fit son entrée. Il me décocha un regard acéré et hocha doucement la tête en se tournant vers Brenner. Ce fut tout. Sans avoir prononcé une seule parole, il s'éclipsa.

Je me souvins alors du trou de la serrure dans la chambre de Lana Wright, ce trèfle à trois feuilles derrière lequel un œil m'observait, tandis que je demeurais figée face à la glace de la commode. Ce devait être l'œil de ce jeune gars, et il venait de me reconnaître.

Brenner se leva, alla ouvrir la porte, et dit à quelqu'un se trouvant de l'autre côté :

— Préviens-les qu'ils peuvent se tailler, maintenant. Quand ils seront partis, tu n'auras qu'à frapper. Et ouvre l'œil!

Lorsqu'il revint vers moi, ses manières avaient changé du tout au tout. Il se planta devant mon fauteuil :

— Qu'est-ce que vous savez au juste ? demanda-t-il d'une voix dure.

Je commençais à avoir sommeil. Peut-être était-ce parce qu'il se faisait tard... J'achevai de vider mon verre.

— Je ne comprends pas ce que vous...

Il leva la main d'un air menaçant :

— Allez, pas d'histoires! Qu'est-ce qu'elle t'a raconté?

Cette fois, je me mis à avoir vraiment peur :

— Elle ne m'a rien dit... balbutiai-je.

— Ne mens pas! Tu dois être une de ses parentes de province. Tu étais dans sa chambre, hier soir, pas vrai? Et tu trimbales sur toi le demi-sac qu'on lui avait envoyé. Elle ne t'avait pas dit pourquoi elle se planquait, peut-être? Je l'ai vue moi-même regarder par le petit carreau de la cuisine, tandis que nous le descendions au sous-sol. Elle s'est vite enfuie dans la rue avant que nous ayons eu le temps de l'attraper. Elle a aussitôt quitté la chambre qu'elle occupait et n'est plus revenue travailler ici. Et tu veux me faire croire qu'elle ne t'avait pas mise au courant?

— Non, absolument pas! protestai-je avec véhémence. Mais, maintenant, vous venez de le faire.

Son visage changea de couleur :

— Ah! oui? dit-il, tandis qu'un mauvais sourire tordait sa bouche. Eh bien, c'est tant pis pour toi!

Quelqu'un frappa trois coups à la porte, et Brenner alla ouvrir.

J'aperçus le jeunot en gris clair, qui lui dit :

— Ils ont tous foutu le camp et je viens de boucler la lourde. Je me suis moi-même assuré qu'on était seuls... pas comme l'autre fois, que la petite était restée pour remailler son bas.

— Entre, Silva, dit alors Brenner, et donne-moi un coup de main.

— Laissez-moi partir! me mis-je à hurler.

Je tentai de m'arracher au fauteuil pour passer

de l'autre côté du bureau, mais mes jambes me refusèrent obéissance et je retombai lourdement en arrière.

— Grand-mère a sommeil, railla Brenner. Y a longtemps qu'elle devrait être couchée.

— Dites, patron, croyez-vous que quelqu'un sache qu'elle est venue ici ? s'enquit anxieusement Silva.

— Penses-tu ! Elle est venue d'elle-même. C'est une parente de cette garce de Wright, qui a dû débarquer de sa province pour lui faire une visite. Maintenant, elle en sait trop...

Brenner se tourna méchamment vers moi :

— Puisque tu voulais tant savoir où était Tim Daly, on va te renseigner !

J'essayai faiblement de me défendre, mais Brenner me prit par les pieds, l'autre par les épaules, et ils m'emportèrent à travers la grande salle. Il n'y avait plus personne, les lumières étaient éteintes et les tables empilées dans les coins. Ils poussèrent la porte battante de la cuisine et, là, s'engagèrent dans un escalier conduisant au sous-sol.

— Allume donc, avant qu'on s'assomme ! lança Brenner.

La pièce s'éclaira aussitôt et ça m'aida à garder les yeux un peu plus longtemps ouverts.

Contre le mur, il y avait un immense frigidaire, tout blanc, tout luisant, s'élevant jusqu'au plafond. De l'autre côté, il y en avait un second, plus petit. Le grand était fermé à l'aide d'un cadenas, l'autre pas.

Brenner sortit une clef de sa poche et la fourra dans le cadenas, qu'il ouvrit.

— Les cuisiniers ne vont-ils pas finir par se demander pourquoi ils ne peuvent pas s'en servir ? questionna Silva à mi-voix.

46

— Je leur ai dit qu'il était détraqué, grogna Brenner. Et comme ils ont l'autre, ils s'en foutent. La meilleure planque, c'est juste sous le nez des gens ; t'as pas encore appris ça ?

Il ouvrit l'immense porte du frigidaire, qui me fit songer à celle d'une chambre forte. Une lampe s'alluma aussitôt à l'intérieur.

Brenner me poussa vers l'entrée du frigidaire. L'air froid qui en sortait se transformait aussitôt en vapeur au contact de l'air chaud de la pièce.

— Tu voulais voir Tim Daly, eh bien, regarde ! On l'a mis au frais, parce qu'il s'échauffait un peu trop à propos du fric que je lui devais et me menaçait des flics…

On avait enlevé les plateaux pour que rien ne gêne. La chose était tout au fond, en forme de N, les genoux relevés sous le menton.

L'espace d'une minute, je fus ranimée par l'horreur même de ce que je voyais. Le froid l'avait conservé. On aurait dit qu'il était mort depuis trois heures au lieu de trois semaines.

Brusquement, je me sentis poussée en avant. J'atterris à quatre pattes sur la plaque de porcelaine et ma tête alla donner contre la chose qui fit office d'amortisseur. Ce fut à peine si j'entendis quelqu'un ironiser derrière moi :

— Si la température te convient pas, t'auras qu'à le dire : on te fera chauffer une bouillotte !

Je compris que c'était probablement la dernière fois que j'entendais une voix humaine.

La porte se referma lourdement derrière moi et la lumière s'éteignit.

Je cessai dès lors d'avoir conscience du temps qui s'écoulait. Ma seule chance de survivre encore pendant quelques heures était de demeurer éveillée ; or ce qu'ils avaient versé dans mon verre m'inclinait de plus en plus au sommeil. Je parvins à me remettre debout et m'appuyai à la paroi glissante.

Je frappai désespérément contre le revêtement de porcelaine glacée jusqu'à ce que mes mains s'engourdissent et que je n'aie même plus la force de les lever. Alors je m'affaissai doucement sur moi-même, incapable de la moindre réaction, sinon de claquer des dents. Jusqu'à la fin, j'eus conscience de cette chose qui était derrière moi, dans l'obscurité. Bientôt je serais comme elle. Finalement, je ne parvins même plus à garder les paupières levées. Le sommeil s'empara de moi.

Après le sommeil, viendrait la mort.

Quelque chose qui brûlait continuait à couler dans ma gorge, par petites quantités, qui semblaient ensuite étendre dans tout mon corps leur chaleur revigorante.

J'ouvris les yeux et quelqu'un dit :

— Ça y est !

Ce fut le visage de Howie que je vis en premier. Mon neveu était pâle comme un mort, mais il essaya de sourire quand il constata que je le regardais :

— Eh bien, dites donc, Tantine ! Ça fait un demi-litre de whisky que vous ingurgitez ! fit-il d'une voix mal assurée.

Nous n'étions pas seuls. Il y avait là des flics, des infirmiers, et je ne sais qui encore. Puis j'aperçus Rafferty, mais, pour une fois, même sa vue me fit plaisir.

J'étais toujours au sous-sol, enveloppée dans une couverture, mais on m'avait sortie du frigidaire, dont je pouvais voir le cadenas déchiqueté. C'était l'essentiel.

— Comment as-tu su où... où me trouver? demandai-je à Howie d'une voix faible.

— Un orage a éclaté juste avant l'aube et le vent a fait s'ouvrir la porte de votre chambre. Je me suis levé pour aller la refermer et j'ai alors constaté que vous n'étiez pas là. J'ai eu une de ces frousses! Je suis vite descendu chez le portier et je l'ai tellement secoué qu'il a fini par se souvenir que vous lui aviez demandé un renseignement à propos de *La dernière escale*. J'ai immédiatement pris contact avec Rafferty. La boîte était fermée, mais Brenner et deux de ses copains ont fini par ouvrir parce que nous faisions du boucan. Ils déclarèrent être restés après la fermeture « pour faire les comptes ». Bien entendu, ils nièrent véhémentement vous avoir vue. Nous avons visité la baraque de fond en comble sans rien remarquer de suspect, et je crois que nous serions repartis en vous laissant lentement mourir de froid, s'il n'y avait eu une petite chose pour vous sauver la vie. Juste comme j'allais quitter la grande salle du rez-de-chaussée, j'ai marché sur quelque chose de rond et de dur.

Howie tendit sa main vers moi et l'ouvrit.

Au creux de sa paume, je vis un de mes boutons de bottine. Il avait dû tomber quand je m'étais mise à mon aise, comme je ne manque jamais de le faire quand je m'assieds quelque part.

— Je me doutais qu'il ne devait pas y avoir deux personnes dans New York à qui pareille chose pût appartenir. Je fus donc aussitôt certain que vous étiez venue là. Je rappelai Rafferty et ses hommes qui étaient déjà ressortis, et nous nous mîmes à tout démolir dans la baraque.

— Mr Brenner a brandi un peu trop précipitamment son revolver et il a été victime d'un accident fatal, glissa Rafferty avec un sourire en coin. Mais nous avons les deux autres en bon état.

J'avais encore un compte à régler avec lui, même si le whisky rendait tout d'abord mon élocution un peu pâteuse :

— V' v'lez bien conv'nir qu'il s'ag'ssait d'un meurtre, oui ? Ce qu'est arr'vé à Lana 'right ?

— Madame, dit-il d'un ton contrit, après une telle averse de cadavres, je pourrais difficilement soutenir le contraire.

— Hum, c' pas mal'reux ! fis-je avec dédain. En ce qui concerne Tim Daly, v' d'vez en savoir plus que moi. Mais voici 'xactement ce qu'est arrivé à la p'tite. Elle a vu assassiner Tim Daly et elle s'est enfuie pour s'ver sa propre vie. Elle s'est cachée rue La Salle n'osant m'me pas se risquer à aller t'ver la police, par crainte que Brenner et s' hommes interviennent en cours de route.

» Il leur a fallu trois semaines, mais z'ont fini par ret'ver sa trace. Ils n'ont cependant pas voulu lui régler s' compte sur place, pensant peut-être que c'était trop risqué ; alors, z'ont cherché à l'attirer ici. Le jour de sa mort, Lana a t'vé une enveloppe qu'on avait glissée sous sa porte. Cette enveloppe contenait la moitié d'un billet de mille dollars. On voulait lui faire comprendre qu'elle n'avait qu'à venir chercher ici l'autre moitié, pour prix de son silence. Mais Lana a deviné ce que ça signifiait vraiment. Comme de toute façon, elle n'aurait pas v'lu de cet argent, Lana a déchiré le billet en petits morceaux qu'elle a remis dans l'enveloppe, laissant celle-ci dans sa chambre, en guise de réponse. Après quoi, elle est sortie, sans doute avec l'intention de se rendre au bureau du district attorney pour lui raconter ce qu'elle savait et demander qu'on assure sa protection. Lana comprenait qu'elle n'avait plus le choix, maintenant que sa cachette était découverte.

» Mais elle n'a pas pu aller jusqu'au bout de son projet. Deux des hommes de Brenner devaient surveiller la maison, de jour et de nuit, dans une auto. Ils l'ont prise en fi... en filature, pour voir ce qu'elle allait faire. Lana ne s'en est rendu compte que lorsqu'elle s'est trouvée loin de tout secours, dans Riverside Drive, juste devant le Tombeau de Grant.

» Quand cette petite les a vus s'approcher d'elle dans leur voiture, elle a compris qu'ils allaient l'y faire monter de force pour la conduire auprès de Brenner. Un enlèvement en plein jour et en pleine ville, quoi ! Regardant autour d'elle, Lana a aperçu un groupe d'étudiants qui s'apprêtaient à visiter le Tombeau. Personne d'autre en vue. Pour échapper au danger la menaçant, la pauvre petite a couru les rejoindre et est entrée avec eux dans le monument. Là, elle est descendue se cacher dans l'escalier qui conduit auprès des sarcophages.

» Mais un des tueurs de Brenner, se rendant compte de la manœuvre, est descendu de voiture et est entré avec les derniers étudiants. Il n'a pas dû voir Lana, mais il était sûr qu'elle se trouvait à l'intérieur du monument ; alors, quand les étudiants sont ressortis, il s'est arrangé pour rester à la traîne, en se dissimulant derrière un des tourniquets de documents, par exemple.

» Après quoi, il n'a pas eu grand mal à repérer l'endroit où Lana se cachait. Pendant ce temps, son complice coinçait le klaxon de la voiture pour détourner l'attention du gardien. Le type a vivement rejoint Lana, lui a vidé de force la fiole de poison dans la bouche, en étouffant ses cris à l'aide d'un mouchoir probablement, jusqu'à ce que la mort ait fait son œuvre. Comme le gardien était en train de prodiguer ses conseils pour la réparation du klaxon qui continuait son vacarme, le tueur n'a eu aucune peine à ressortir du monument sans être vu. »

Les poings sur les hanches, Rafferty vint se planter devant moi, en hochant la tête :

— Vous savez ce que vous avez fait ? s'émerveilla-t-il. Vous avez non seulement élucidé un meurtre sous notre nez, mais on peut même dire deux, en comptant l'affaire Tim Daly !

Un moment plus tard, tandis que Howie et moi regagnions l'appartement, je demandai à mon neveu, non sans quelque embarras :

— Tu as l'intention de raconter à la famille que j'ai été mêlée à toute cette histoire ?

— Ma foi, je n'en sais trop rien, répondit-il d'un air sévère. On vous avait confiée à moi, vous comprenez...

Je laissai s'établir un petit silence chargé de bien des choses, puis je m'enquis avec douceur :

— Y a-t-il encore eu des gens qui ont demandé ton numéro de téléphone par erreur ?

Je le vis sursauter, puis il finit par dire :

— Au fond, moins la famille sera au courant de

cette affaire, moins elle aura lieu de se faire du souci... rétrospectivement, vous comprenez? Alors, je crois que je ne vais rien leur dire du tout.

Et il me donna un coup de coude, que je m'empressai de lui retourner.

Titre original : THE BODY IN GRANT'S TOMB
(traduit par M.-B. Endrèbe)

SINISTRE

Harry Jordan s'éveilla en sursaut dans les ténèbres. Tout d'abord, la seule chose qu'il put distinguer fut une sorte de halo spectral, coupé par un angle droit : le cadran lumineux du réveil sur la table de chevet. Puis il plissa les paupières, sa vision se précisa, et il parvint à distinguer les chiffres du cadran. Les aiguilles étaient sur le trois et le six. Trois heures et demie du matin ; il n'avait dormi que durant quatre heures et quatre heures encore s'écouleraient avant qu'il eût à se lever.

Au lieu de se tourner pour chercher de nouveau le sommeil, Harry s'assit brusquement sur le lit, maintenant complètement éveillé. Dès l'instant où il avait ouvert les yeux, il avait eu l'étrange impression d'être seul dans la chambre. Il avait beau penser que c'était stupide et qu'il se trompait, l'impression persistait sans qu'il pût se l'expliquer. Sans doute un de ces vagues instincts que nous tenons de nos primitifs ancêtres et qui, de temps à autre, se réveillent en notre subconscient.

Ridicule.

Harry pivota sur son coude et tendit la main pour toucher l'épaule de Marie, afin de se convaincre qu'elle était bien à côté de lui, comme chaque nuit. Mais ses doigts ne rencontrèrent que la fraîcheur de l'oreiller. Ainsi donc l'instinct dont il s'était moqué ne l'avait pas trompé. Se retournant vers la table de chevet, Jordan alluma la lampe et regarda de nouveau l'autre moitié du lit. L'oreiller conservait l'empreinte faite par la tête de Marie, mais c'était tout. Oh ! bon... elle avait dû se lever pour aller boire un verre d'eau...

Harry resta assis sur le lit, se massant voluptueusement le cuir chevelu. Puis, comme sa femme ne revenait toujours pas, il se leva pour aller voir ce qui se passait. Le gosse était peut-être malade et Marie, dans sa chambre. Il ouvrit la porte du petit, aussi doucement que possible, et vit que la chambre était plongée dans l'obscurité.

— Marie, chuchota-t-il. Tu es là ?

Pour avoir une certitude, il tourna le commutateur. Marie n'était pas là. Le gosse dormait comme on le fait à neuf ans, et un éclair de magnésium ne l'aurait pas réveillé. Harry referma la porte sans bruit. Marie n'était tout de même pas dans le living-room à pareille heure... Il alla cependant y jeter un coup d'œil et, dès lors, s'inquiéta sérieusement, car il avait fait le tour de l'appartement et sa femme n'y était pas.

De retour dans leur chambre à coucher, Harry Jordan enfila son pantalon et se chaussa. Aucune fenêtre n'était ouverte ; il ne pouvait donc s'agir d'un accident ou quelque chose comme ça. D'ailleurs, les vêtements de Marie n'étaient plus sur la chaise ; elle s'était rhabillée pendant qu'il dormait. Harry alla ouvrir la porte de l'appartement et inspecta du regard l'étincelant couloir ignifugé. Mais il n'avait pas compté y voir Marie ; si elle était allée jusque-là, ça n'était pas pour s'arrêter en chemin, et elle avait certainement continué jusque... jusqu'où elle voulait aller. La bouteille à lait vide était toujours près du paillasson, avec le bout de papier roulé dans le goulot, exactement comme lorsqu'il avait fermé la porte à onze heures. Il n'y avait pas vraiment de quoi s'inquiéter, mais c'était tellement inexplicable... Harry se rendait compte qu'il ne pourrait pas dormir avant d'avoir le fin mot de l'histoire. Et il demeurait là, à se frotter la nuque...

Il savait avec certitude que Marie n'était pas somnambule, car il n'avait jamais constaté aucun accès de ce genre. Il savait aussi qu'elle n'avait pu être appelée d'urgence au chevet d'un parent malade, car ils n'avaient plus de famille, ni l'un ni l'autre. Et elle ne l'avait pas quitté non plus, brusquement, dans un accès de colère, car ils s'entendaient parfaitement tous les deux. Ainsi, ce soir, par exemple, quand il avait rempli sa pipe pour en fumer une dernière avant de se coucher, elle avait voulu à toute force l'allumer elle-même, veillant tendrement à ce que le tabac prît bien, puis s'amusant, comme à son habitude, à saisir l'allumette par son extrémité calcinée pour la faire brûler complètement. Quel grief aurait-elle pu avoir contre lui, alors qu'ils s'entendaient si bien ? Et l'intérêt qu'elle portait à son travail quand il lui faisait le récit de sa journée ; elle buvait toutes ses paroles, lui demandant s'il avait visité des immeubles ce jour-là et quels rapports il avait fait sur eux... bref, un tas de détails montrant bien qu'elle n'agissait pas ainsi simplement pour lui être agréable. D'ailleurs, loin de diminuer avec le temps, l'intérêt que Marie portait à ses occupations semblait s'accroître chaque jour. Il n'y avait pas eu un mot désagréable entre eux depuis cinq ans, depuis cette affreuse nuit où, durant le trajet en taxi, la portière s'était brusquement ouverte. Marie était tombée sur la tête et, l'espace d'une minute, il l'avait crue morte.

Finalement, il traversa le couloir et alla presser le bouton de l'ascenseur. Si elle s'était sentie soudain malade et avait eu besoin d'un médicament... Mais il était dans la chambre, à côté d'elle... et puis, ils avaient le téléphone, que diable !

L'ascenseur arriva et le liftier de nuit fit glisser la grille de côté. Ç'allait paraître idiot comme tout... mais Harry était sûr qu'elle ne se trouvait pas dans l'appartement...

— Est-ce que... est-ce que... Mrs Jordan est-elle descendue avec vous, il y a un petit moment ? demanda-t-il.

— Oui, monsieur, oui... mais ça fait plus d'un petit moment. Il devait être deux heures et demie, par là.

Partie depuis plus d'une heure ! Son visage laissa transparaître son anxiété et cela lui donna une bonne excuse pour dire :

— Alors je crois que je vais descendre avec vous pour l'attendre sur la porte.

Pendant la descente, Harry avala plusieurs fois sa salive et finit par se trahir plus qu'il n'aurait voulu :

— Vous a-t-elle dit où elle allait ?

Il se pencha malgré lui vers le liftier, comme pour recueillir plus vite sa réponse.

— Elle m'a dit comme ça qu'elle n'arrivait pas à s'endormir et qu'elle allait prendre un peu l'air.

Pour aussi rassurante et naturelle que fût l'explication, Harry ne se sentit guère réconforté :

— Elle devrait être de retour, maintenant, murmura-t-il en regardant le plancher de la cabine.

Elle avait pu être renversée par un taxi, assaillie par un malfaiteur... une femme seule, à cette heure de la nuit !

Harry Jordan était encore un peu plus pâle quand il sortit de l'ascenseur et gagna le seuil de l'immeuble, d'où il inspecta la rue déserte à droite, puis à gauche. Alerter la police lui semblait quand même excessif pour l'instant, mais si Marie n'était pas bientôt de retour...

— De quel côté est-elle allée ? demanda-t-il au liftier.

— Par là... du côté de la Troisième Avenue.

Il eût mieux aimé savoir qu'elle était partie dans l'autre direction, vers Park Avenue. Que pouvait-elle avoir à faire dans l'ombre du métro aérien, où il y avait toujours des ivrognes en train de cuver leur alcool ? Harry se mit à arpenter lentement le trottoir devant l'entrée éclairée :

— Je n'y comprends rien... dit-il à deux reprises au bénéfice du liftier qui était sorti pour lui tenir compagnie.

Harry fumait la pipe, mais ça n'était pas le moment d'en allumer une. Il sortit un paquet de cigarettes d'une des poches du veston qu'il avait endossé par-dessus son maillot de corps. Il en offrit une à son compagnon avant de se servir, puis chercha l'étui d'allumettes qu'il mettait toujours dans sa poche droite. Pas d'allumettes. Il les avait données à Marie quand elle avait insisté pour lui allumer sa pipe, et elle avait dû oublier de les lui rendre. Par acquit de conscience, il fouilla ses autres poches ; non, elle avait dû les garder par erreur, sans quoi il les aurait eues sur lui.

Le liftier alla en chercher dans la loge et revint.

— Si j'étais vous, je ne me tracasserais pas, Mr Jordan, dit-il avec sympathie, car l'anxiété de son locataire devenait de plus en plus visible. Je ne pense pas qu'elle soit allée bien loin ; elle va probablement revenir d'un instant à l'autre, maintenant.

Il achevait à peine de dire cela que Harry aperçut Marie se dirigeant vers eux. Elle marchait très vite, mais sans manifester aucune frayeur. Quand elle les rejoignit dans la clarté de l'entrée, l'expression de son visage n'avait rien de furtif, ni de coupable. Il aurait aussi bien pu être quatre heures de l'après-midi que quatre heures du matin.

— Tsst, tsst ! fit-elle gentiment. Je devine que tu as dû te faire un mauvais sang terrible à cause de moi ?

Ils regagnèrent leur étage sans dire quoi que ce soit devant le liftier. Le vieux manteau noir de Marie, qui datait maintenant de cinq ans, paraissait toujours aussi usé et elle était sortie sans chapeau, si bien que ses cheveux grisonnants étaient encore plus décoiffés qu'à l'ordinaire ; à ce détail près, elle avait son air habituel. Elle tenait à la main un petit paquet, enveloppé dans le papier vert vif spécial aux *drugstores*.

Quand il eut refermé la porte et qu'ils se retrouvèrent dans l'appartement, Jordan se tourna vers sa femme :

— Pourquoi diable es-tu sortie comme ça ? Tu m'as fait une drôle de peur, tu sais !

Il avait dit cela sans dramatiser, et c'est tout aussi

naturellement qu'elle lui répondit, comme mari et femme discutant posément de quelque chose.

— J'ai éprouvé le besoin de respirer un peu d'air frais, dit-elle simplement. Il y avait deux heures que j'étais couchée sans pouvoir trouver le sommeil. Tu as dû te réveiller juste après mon départ, ajouta-t-elle d'un air détaché.

Il s'arrêta de délacer ses chaussures et la regarda avec surprise :

— Comment ! Le liftier m'a dit que tu étais sortie depuis près d'une heure !

— Ça, par exemple ! fit-elle avec une légère indignation. Qu'est-ce qu'il lui a pris de te raconter ça ? Je n'ai pas été absente un quart d'heure en tout… J'ai juste fait le tour du pâté de maisons et puis je me suis arrêtée à ce *drugstore,* qui est ouvert toute la nuit, dans la Troisième Avenue, pour acheter une boîte d'aspirine.

Elle défit le paquet d'un air vertueusement indigné et lui montra la boîte.

— Est-ce moi que tu vas croire, Harry, ou bien ce type ? demanda-t-elle, mais sans acrimonie. Je ne suis quand même plus une gamine pour ne pas me rendre compte combien de temps je suis absente.

— Bah ! n'y pense plus, Marie, dit-il en se penchant de nouveau vers son soulier. Il a dû somnoler un peu et il a perdu la notion du temps.

Il bâilla longuement. Dans l'air calme de la nuit, l'avertisseur d'une voiture de pompiers parvint jusqu'à eux, mais de très loin ; ça devait être dans la Seconde ou la Troisième Avenue.

— Ça y est ? s'enquit Jordan d'une voix ensommeillée et, sans attendre la réponse, il éteignit l'électricité. L'ampoule était encore chaude qu'il

dormait déjà du sommeil du juste, tranquille maintenant que sa femme était auprès de lui.

*
* *

Au bureau, le lendemain matin, Harry Jordan se
sentit un peu vaseux à cause de cette interruption
inhabituelle dans sa nuit de sommeil, mais il n'avait
pas grand-chose à faire, juste un rapport à taper,
celui qu'il avait fait sur cet incendie de Washington
Heights, la semaine précédente. L'immeuble en
question était presque achevé, quand le feu y avait
pris mystérieusement et, maintenant, il n'en restait
plus que les quatre murs. Ni son enquête, ni celle des
pompiers n'avaient permis d'établir que l'incendie
était dû à la malveillance et non à une cause
accidentelle. Evidemment, certaines rumeurs concernant un mécontentement possible des ouvriers
étaient parvenues à ses oreilles, mais Jordan avait
enquêté à ce sujet et découvert qu'elles étaient
dénuées de fondement. Il n'y avait eu absolument
aucun accrochage entre les entrepreneurs et les
syndicats. D'ailleurs, l'incendie avait éclaté un
dimanche soir, un jour et demi après que les ouvriers
eurent terminé leur semaine de travail.

Il avait été assez facile de repérer où le feu avait
pris. Un appartement du rez-de-chaussée avait été
complètement mis en état pour être présenté aux
éventuels locataires. Marie elle-même était allée le
visiter, et elle avait été navrée quand, le lendemain, il
lui avait dit ce qui s'était produit. L'hypothèse de
Jordan était qu'un visiteur imprudent avait jeté sa
cigarette dans un placard en inspectant les pièces. A
six heures, l'agent de location avait fermé la porte et

64

était rentré chez lui en emportant la clef. Le feu avait dû couver pendant deux heures. Le veilleur de nuit n'avait pas de clef pour entrer dans cet appartement, ce qui dégageait sa responsabilité. C'est par une fenêtre, vers huit heures, qu'il s'était rendu compte du sinistre.

Telles étaient les notes à partir desquelles Jordan avait établi son rapport. Ses conclusions n'étaient jamais discutées. S'il disait : « Payez », la compagnie payait. S'il disait : « Pas d'indemnité », la compagnie prévenait son avocat de se tenir prêt pour un procès. Harry Jordan était leur meilleur enquêteur.

Harry glissa dans le rouleau de la machine une feuille de papier à lettres portant l'en-tête *Hercules Mutual Fire Insurance Corporation* et se mit à taper son rapport avec deux doigts. Il détestait toujours cette partie de son travail, aussi ce fut un regard plein d'espoir qu'il leva vers la secrétaire du président, lorsque celle-ci s'arrêta près de lui :

— Le patron voudrait vous voir dans son bureau dès que vous aurez fini.

— Oh ! ça peut attendre, assura Jordan avec empressement, et il alla frapper à la porte du président.

— Bonjour, lui fit Parmenter. Vous avez lu, cet incendie dans l'East Side ?

— Je me suis réveillé tard ce matin, avoua Jordan, et je n'ai pas eu le temps de jeter un coup d'œil au journal.

Parmenter lui passa le sien, plié à la troisième page.

— C'est nous les assureurs, ajouta-t-il tandis que Jordan parcourait rapidement l'article en remuant les lèvres.

65

Harry releva la tête, surpris :

— Une de ces vieilles baraques ? Je ne croyais pas que nous assurions…

— Cette fois, si, lui dit Parmenter d'un air sombre. La banque l'avait achetée pour faire un placement, la rafistolant un peu et repeignant le tout, faisant pratiquer en outre quelques issues supplémentaires en cas d'incendie, si bien que la baraque n'appartenait plus tout à fait à la catégorie que nous refusons d'assurer. Comme ça ne se louait pas aussi bien qu'ils l'avaient espéré, ils ont passé le tout à un nommé Lapolla, et celui-ci avait prévu de plus grandes transformations pour la fin de ce mois, dès qu'ils auraient pu expulser les quelques anciens locataires qui étaient encore là. Et c'est en nous basant là-dessus que nous avions accepté de l'assurer. Il était à votre place, voici un petit moment, s'arrachant les cheveux à pleines mains. L'immeuble n'est plus qu'une ruine et, soit dit en passant, s'il n'y avait pas eu les nouvelles issues de secours, tous les locataires des étages supérieurs auraient été grillés vifs. Il y en a quand même trois ou quatre qui sont à l'hôpital avec des brûlures du second degré.

Il eut un geste en direction du journal :

— D'après le canard, ça s'est déclaré sous l'escalier, au rez-de-chaussée. Ils ont écrit, vous l'avez vu, « un incendie d'origine suspecte ».

— Vous aussi, ça vous paraît louche, hein ? fit Jordan.

— En tout cas, pas du côté Lapolla, qui se serait assuré pour toucher la forte somme en foutant lui-même le feu à sa baraque. Nous faisons des affaires avec lui depuis près de vingt ans. C'est un type correct. En revanche, avec le genre de locataires qu'on trouve dans les immeubles comme celui-là, on risque toujours de tomber sur des gens n'admettant pas qu'on les expulse pour raison de réfection. L'un d'eux a pu vouloir se venger du propriétaire. Quoi qu'il en soit, Jordan, vous savez ce que vous avez à faire : jetez un coup d'œil sur les lieux, recueillez les déclarations du concierge et de ceux qui étaient dans l'immeuble au moment de l'incendie... du moins, dès qu'ils seront en état d'être interrogés...

Mais Jordan refermait déjà la porte derrière lui, le journal enfoncé dans la poche de son veston.

Sur le chapitre des immeubles incendiés, il commençait à être blasé, mais celui-là offrait vraiment un triste spectacle et les fenêtres des immeubles voisins, dont la chaleur avait fait éclater les vitres, ajoutaient encore à la désolation du tableau. Il ne restait pas un bout de verre, pas un bout de bois, dans toute la façade ; ce n'était plus qu'une coquille vide, et l'on avait déjà apporté des cordes pour abattre le mur de devant avant la tombée de la nuit.

— Enquêteur pour l'assurance, dit-il en se présentant à ceux qui montaient la garde près du barrage, et ils le laissèrent passer dès qu'ils eurent jeté un coup d'œil à sa carte.

— Triple alarme, lui dit l'inspecteur des services spéciaux des sapeurs-pompiers, en promenant le rayon de sa torche électrique autour de lui depuis ce qui avait été la porte d'entrée. Je me demande encore comment nous avons pu réussir à les tirer tous de là, même avec les filets. Si ça s'était produit un mois plus tôt, avant les nouvelles issues de secours, on aurait eu quelque chose d'historique en fait d'incendie, c'est moi qui vous le dis ! Appel d'air dans la cage de l'escalier, bien entendu...

Il braqua sa torche vers le haut et le rayon lumineux se perdit hors de vue. Il n'y avait pas de toit pour l'arrêter ; entre des restes de poutres calcinées, six étages plus haut, on apercevait le ciel.

— Rien remarqué de suspect ? demanda Jordan en s'avançant sur les planches qui avaient été jetées entre le seuil et le squelette de l'escalier.

— Si vous croyez qu'il y a besoin de quelque chose de suspect avec la façon qu'ils avaient d'empiler les voitures d'enfants sous les marches... quatre châssis qu'on a retrouvés... et Dieu seul sait combien d'autres saletés s'entassaient là, qui ne sont plus que cendres maintenant. C'était vraiment vouloir que ça arrive !

— Et vous pensez que l'incendie s'est déclaré sous l'escalier ?

— Ça paraît probable. Le sous-sol est intact et le feu grimpe, il ne descend pas... Hé ! là, avancez pas davantage... il suffirait d'un chat pour que ces marches s'effondrent !

— Prêtez-moi ça une minute, dit Jordan en tendant la main vers la torche. Je ne veux pas monter, mais seulement jeter un coup d'œil derrière les marches. Il ne m'est encore jamais rien arrivé dans une baraque incendiée.

Il avança de côté jusqu'au bout de la planche, puis posa le pied sur le sol même du rez-de-chaussée, où l'on enfonçait jusqu'à la cheville dans les débris tombés des étages supérieurs, mais qui ne s'était pas effondré. Tâtant le terrain du bout du pied à chaque pas avant de s'y aventurer, Harry avança lentement vers ce qui avait été le fond du hall d'entrée. La clarté de la torche électrique lui révéla, sous l'escalier, des ferrailles enchevêtrées qui avaient été des carcasses

68

de voitures d'enfants. Au plus fort de l'incendie, la chaleur avait dû être terrible à cet endroit. De la porte fermant l'accès du sous-sol, il ne restait plus que le bouton métallique et les gonds tordus, mais l'escalier de la cave était en briques et avait résisté.

— Revenez ! lui cria l'inspecteur de la Sécurité avec humeur. Revenez avant que vous ne nous ayez fait tomber dessus ce qui reste encore debout !

S'accroupissant sur les talons, Jordan se mit à remuer les décombres en s'aidant d'une baleine de parapluie. Une cendre fine, provenant des couvertures et des oreillers ayant garni les petites voitures, tourbillonna, envahissant ses narines. Il éternua et se redressa. Ce fut alors qu'il s'apprêtait à remonter et faisait pivoter le rayon de la torche, qu'il vit briller quelque chose. Il éclaira de nouveau dans cette direction, chercha, et finalement retrouva ce qui avait attiré son attention. C'était tombé dans un des ressorts provenant des landaus et la chaleur l'y avait soudé, comme si c'eût été un morceau de résine ou de chewing-gum. Harry put le détacher d'un coup sec, mais sa trouvaille était dure comme la pierre et il put constater que c'était du métal. Il allait la rejeter quand, en ayant gratté la surface avec son ongle, il y laissa une trace plus brillante. On eût presque dit de l'or. Rejoignant l'inspecteur, il lui montra sa découverte.

— Qu'est-ce que vous en pensez ?

Le pompier n'en pensait pas grand-chose.

— Un boulon ou un de ces trucs qu'ils flanquent sur les voitures de gosses et qui aura fondu, voilà tout.

Mais Jordan estimait que ça n'était pas « un boulon ou un de ces trucs », sans quoi il n'aurait pas fondu de la sorte, puisque les ressorts et le reste des carcasses métalliques avaient résisté à la chaleur. Quel métal jaune a une température de fusion inférieure à celle du fer... sinon l'or ? Harry glissa le lingot dans sa poche. Un bijoutier aurait vite fait de le renseigner... mais ça ne prouverait rien, évidemment.

— A quelle heure l'alarme a-t-elle été donnée ? demanda-t-il à son compagnon.

— La première est parvenue au poste central vers trois heures et demie du matin, puis les deux autres presque aussitôt après.

— Qui a signalé l'incendie en premier... le savez-vous ?

— Oui ; un chauffeur de taxi qui était à sa station un peu plus loin.

Jordan retrouva le chauffeur en question au garage dont il dépendait, juste au moment où celui-ci s'apprêtait à repartir pour la journée.

— J'ai entendu un bruit de verre brisé, lui expliqua l'homme, et j'ai d'abord pensé à un cambriolage, puis j'ai vu la fumée qui sortait...

— Avez-vous aperçu quelqu'un entrer dans la maison ou en sortir avant que cela se produise ?

— A vous dire vrai, je lisais à la clarté du tableau de bord et je n'ai pas levé la tête une seule fois avant d'entendre ce bruit de verre.

A l'hôpital où les trois locataires les plus atteints avaient été transportés, Jordan n'en trouva aucun qui fût en état de parler. Deux d'entre eux étaient sous l'empire de la morphine, et le troisième, un locataire du sixième étage nommé Dillhoff, tout emmailloté de compresses imbibées de thé fort, ne put que tourner vers lui son regard terrifié, par-dessus ses pansements. Mais sa femme était à son chevet.

— Ouais! l'assurance! s'exclama-t-elle avec chaleur quand Jordan se fut présenté. Le proprio touchera son argent... mais moi, qu'est-ce que j'aurai si mon homme meurt?

Harry la laissa soulager ses nerfs, puis il dit :

— Certains de ces locataires que Lapolla forçait à partir étaient furieux, n'est-ce pas? Avez-vous jamais entendu l'un d'eux proférer des menaces, dire que Lapolla ne s'en tirerait pas comme ça?

Tandis qu'elle comprenait où il voulait en venir, ses yeux parurent s'agrandir :

— *Ach!* Non, non, s'écria-t-elle en agitant les mains. Nous étions tous des amis, ils n'auraient pas fait ça à ceux qui restaient! Non, c'étaient de braves gens, pauvres, mais bien braves!

— Est-ce que la porte de la rue était fermée la nuit ou la laissait-on ouverte?

— Ouverte, toujours ouverte.

— Alors, n'importe qui n'habitant pas la maison aurait aussi bien pu entrer dans le hall? Ces derniers jours, avez-vous remarqué dans le hall ou l'escalier quelqu'un n'appartenant pas à la maison?

Non, personne. Il est vrai qu'elle ne sortait guère de chez elle.

Là-dessus, Jordan quitta l'hôpital et appela le *rewriter* qui avait rédigé l'article, d'après les renseignements téléphonés par le reporter envoyé sur les lieux du sinistre.

— Que vous a-t-il dit qui vous ait incité à parler d'un « incendie d'origine suspecte »?

— Oh! c'est moi qui ai mis ça pour allonger la sauce. Quand il s'agit d'une triple alarme, ça fait bien dans le tableau...

Jordan raccrocha brutalement, les lèvres pincées.

Ainsi donc, depuis le matin, il perdait son temps à cause de la désinvolture avec laquelle certains rédacteurs renseignaient leurs lecteurs ! Autant qu'il ait pu s'en rendre compte, il n'y avait rien, absolument rien, permettant de douter que l'incendie eût une origine purement accidentelle !

Quand il revint à cinq heures, après avoir vu Lapolla et en rapportant une déposition du commandant des pompiers lui-même, Jordan exposa à son patron les résultats de son enquête, et Parmenter hocha la tête :

— Faites votre rapport, dit-il brièvement. Je vais donner ordre qu'on envoie un chèque à Lapolla dès qu'il formulera sa demande.

Jordan termina son précédent rapport et tapa ensuite le nouveau, puis rentra chez lui, remâchant encore le dégoût que lui inspiraient les méthodes de certains journalistes.

Le gosse se précipita pour lui ouvrir et gambada autour de lui. Marie l'embrassa tendrement sur la joue :

— J'ai fait quelque chose que tu aimes, mon chéri... une gibelotte.

Ce fut vers la fin du repas, comme Marie tournait la tête pour prendre une assiette derrière elle, que Jordan regarda le cou de sa femme :

— Il te manque quelque chose...

Elle porta distraitement la main à sa gorge :

— Oh ! je sais... mon médaillon, n'est-ce pas ?

— Qu'en as-tu fait... tu l'as perdu ?

— Non, dit-elle lentement, mais l'anneau avait fini par s'user et je l'ai porté chez le bijoutier pour qu'il me l'arrange.

— Ça me fait penser... fit Harry en palpant la poche de son veston.

— Ça te fait penser à quoi? s'enquit-elle calmement.

— Oh! rien... c'est sans importance, répondit-il.

Si ce petit lingot avait quelque valeur, si c'était de l'or, le bijoutier lui donnerait peut-être quelque babiole en échange, dont il pourrait faire la surprise à sa femme. Le repas terminé, il sortit en disant qu'il revenait tout de suite.

— Le médaillon de ma femme est prêt? demandat-il au petit bijoutier chauve.

— Quel médaillon? rétorqua sèchement l'autre. Votre femme ne m'a pas laissé de médaillon, Mr Jordan. Il y a d'ailleurs bien trois mois que je ne l'ai vue.

Alors Marie avait dû aller dans une autre boutique. Jordan toussota, en s'efforçant de masquer la gaffe, et dit :

— Bon, enfin, puisque je suis là, voulez-vous jeter un coup d'œil à ce truc... Est-ce que ça vaut quelque chose?

Il fit rouler le petit lingot calciné sur le comptoir, et le vieil homme vissa une loupe à son œil. Après y avoir déposé une goutte d'acide nitrique, il hocha la tête :

— C'est de l'or, déclara-t-il. Attendez, je vais voir si c'est du massif ou simplement du plaqué.

Prenant une lime, il en donna quelques coups à la surface du lingot. On entendit un déclic et le bijoutier, stupéfait, montra sa main à Jordan. Le lingot s'était divisé en deux dans sa paume et il apparaissait maintenant clairement que c'était un médaillon dont les deux moitiés avaient été soudées par la chaleur. Quand le bijoutier remua la main, un peu de verre en poudre tomba d'une des moitiés, comme une pincée de sucre.

— Et ça, qu'est-ce que c'est? demanda Jordan en pointant l'index vers un petit ovale de papier roussi. Prêtez-moi votre loupe un instant!

A l'œil nu, ça n'était qu'un bout de papier brun ; à la loupe, on distinguait vaguement des contours.

— Vous n'avez pas quelque chose de plus grossissant?

Le bijoutier lui fit passer une autre loupe et l'instant d'après Jordan se surprit à regarder une photo estompée de son propre fils, prise à l'âge de trois ou quatre ans. Il ne dit pas un mot, eut simplement une sorte de renâclement, comme lorsqu'un cheval boit de l'eau. Ce n'était pas une erreur, ni une illusion d'optique : la loupe passait maintenant au-dessus des lettres gravées à l'intérieur de l'autre moitié du médaillon : *H. J. à M. J. 1945.*

Jordan entendit quelqu'un d'autre que lui-même sortir de la boutique en disant au bijoutier que, réflexion faite, il aimait mieux ne pas vendre l'objet. Pourtant, ce devait être lui qui avait dit ça, car il s'en retournait maintenant vers son domicile. Une fois rentré, il ne dit pas un mot, mais s'assit et relut à plusieurs reprises le compte rendu de l'incendie publié dans le journal du matin, frissonnant un peu plus chaque fois. Finalement, il se leva et alla boire une rasade de bourbon à même la bouteille qui était dans le buffet.

— Chez quel bijoutier as-tu laissé ton médaillon? s'enquit-il posément.

Elle était en train de repriser une chaussette du petit et releva la tête :

— Chez le père Elias, répondit-elle sans hésiter. C'est le seul que je connaisse dans le quartier.

C'était chez Elias qu'il était allé.

Durant l'heure qui suivit, Jordan n'ajouta pas une parole. Puis, vers onze heures, très lentement, il sortit sa pipe pour en fumer une dernière avant de se coucher, comme à son habitude. Il dut faire un violent effort pour empêcher ses mains de trembler tandis qu'il prenait le pot à tabac, garnissait sa pipe, tassait le tabac avec son pouce. Il avait les yeux mi-clos et on n'aurait su dire où il regardait. Quand il sortit un étui d'allumettes de sa poche, elle s'approcha aussitôt avec un sourire d'épouse aimante :

— Non, non, dit-elle, ça, c'est mon travail !

Elle alluma soigneusement la pipe, puis renversant l'allumette elle la saisit avec dextérité par le bout noirci et la laissa se consumer entièrement. Lui continuait de regarder le fourneau de sa pipe, mais aussi l'autre main de sa femme. On ne voyait déjà plus qu'un bout de l'étui sous les doigts, qui l'eurent bientôt complètement escamoté. Alors Marie se redressa et alla s'occuper dans un autre coin de la pièce.

Comme la veille au soir, elle avait oublié de lui rendre son étui d'allumettes. Harry sentit son visage moite, comme si la pièce était trop chauffée. Puis il alla se coucher, mais garda ses chaussettes et son pantalon dans le lit.

Marie resta un moment dans la cuisine, puis fit son entrée avec une petite assiette sur laquelle était posée une tasse fumante.

— Harry, dit-elle, je voudrais que tu boives ça pour être sûr de passer une bonne nuit. Hier soir, au *drugstore*, ils m'ont recommandé...

— C'est toi qui sembles en avoir besoin, pas moi, rétorqua-t-il sèchement.

— J'ai déjà bu ma tasse à la cuisine, lui assura Marie.

Il s'assit dans le lit et, ayant soin de serrer d'une main les couvertures contre sa poitrine, il prit la tasse de l'autre :

— Bon... apporte-moi la boîte que je voie avec quoi c'est fait... j'aime savoir ce que j'avale.

Elle ressortit docilement. Alors, vivement, enlevant le couvercle de l'humidificateur placé sur le radiateur du chauffage central, il y vida le contenu de sa tasse.

— C'était bon, dit-il à Marie en lui tendant la tasse vide quand elle revint avec une boîte marquée *Ovaltine*. Il esquissa une pauvre grimace qui représentait tout ce dont il était capable en fait de sourire. Il se laissa retomber sur l'oreiller et éteignit la lumière.

Elle revint une demi-heure plus tard et se pencha sur lui :

— Harry, dit-elle doucement, Harry...

Elle alla même jusqu'à lui toucher l'épaule, comme pour l'éveiller. Il ne broncha pas.

Peu après, Harry entendit la porte de l'appartement se refermer. Bondissant hors du lit, il se chaussa vivement, enfila son veston, et se précipita dans le couloir, avec l'idée d'arrêter l'ascenseur avant son arrivée en bas. Mais il réfléchit brusquement que ça ne l'avancerait à rien. Marie lui dirait encore qu'elle s'apprêtait simplement à aller faire un tour, parce qu'elle n'avait pas sommeil. Non, ça ne l'avancerait à rien. Harry avait besoin d'une certitude, et il n'avait qu'un moyen de l'obtenir.

Il attendit jusqu'à ce que le voyant rouge de l'ascenseur se fût éteint, puis il pressa le bouton d'appel. Le liftier, en le voyant, eut l'air surpris. Le pauvre Jordan n'avait guère envie de plaisanter, cependant il se força à sourire :

— L'insomnie semble être contagieuse ! dit-il.

Le liftier lui rendit son sourire, mais Harry se rendit compte qu'il n'était pas dupe.

Quand il sortit sur le trottoir, Marie était encore en vue, longeant les maisons. Elle se dirigeait de nouveau vers la Troisième Avenue, où il n'y avait que de vieux immeubles sans concierge.

Harry attendit qu'elle ait tourné le coin de la rue avant de se lancer à sa poursuite, au cas où elle aurait regardé derrière soi. Jordan sentait que le liftier l'observait en se demandant ce qui se passait ; pour masquer son attente, il feignit de rattacher les lacets de son soulier qui étaient solidement noués. Quand il atteignit enfin le coin de la rue, Marie était à deux pâtés d'immeubles en avant ; Harry traversa sur l'autre trottoir, afin de pouvoir se rapprocher davantage d'elle sans risquer d'être remarqué. Les piliers du métro aérien défilaient entre eux comme une grille aux barreaux espacés.

Quand Marie arriva à l'endroit où l'incendie avait eu lieu la nuit précédente, elle s'arrêta et il la vit regarder les décombres. Maintenant la façade avait été abattue, mais les murs de côté étaient encore debout, reliés ici et là par une poutre que les flammes n'avaient pas entièrement consumée. A voir Marie plantée là, on avait presque le sentiment qu'elle exultait devant ce tableau lamentable.

Harry porta une main à sa gorge, comme s'il étouffait, et détourna la tête. S'il avait encore conservé le moindre espoir que Marie eût perdu le médaillon et que celui-ci ait été trouvé par un locataire de la maison, qui l'aurait de nouveau perdu dans l'incendie, à présent, il lui eût été impossible de douter.

Marie se remit en marche et il l'imita. Pourquoi ne rentrait-elle pas à la maison, maintenant ? N'en avait-elle pas suffisamment fait comme cela ? Allait-elle vouloir recommencer... dès la nuit suivante ?

Mais l'espoir est tenace ; une minute après s'être convaincu de la culpabilité de sa femme, Harry se remit à envisager la possibilité d'une monstrueuse erreur. Si Marie avait allumé cet incendie de propos délibéré, aurait-elle pu se montrer si calme en rentrant ? Non, personne n'était capable d'une telle duplicité. C'est accidentellement qu'elle avait dû mettre le feu. Marie avait frotté une allumette pour s'éclairer en descendant l'escalier, puis l'avait jetée par-dessus la rampe, sans se rendre compte de ce qu'elle faisait. Ou c'était peut-être même une autre personne qui avait fait cela juste après le passage de Marie. Marie était peut-être allée voir quelque parent dans la misère et dont elle avait honte ; ne voulant pas que son mari fût au courant, elle avait donné son médaillon, dont on pouvait tirer un peu d'argent. Et, quand il l'avait interrogée brusquement à propos du médaillon, elle avait été obligée de lui mentir. Il arrive aux meilleures épouses de cacher certaines choses à leur mari...

C'étaient ces pensées qui retenaient Harry de rejoindre sa femme sans plus tarder. Mais pourquoi ne rentrait-elle pas à la maison ? Mon Dieu, qu'attendait-elle donc pour rentrer ?

Marie continua encore d'avancer puis, quelques

centaines de mètres plus loin, comme obéissant à une impulsion soudaine, elle tourna à droite, dans une rue conduisant à la Seconde Avenue. Là, encore, Harry prit l'autre trottoir, mais laissa s'accroître un peu la distance le séparant de sa femme, car cette artère était sensiblement moins large que la précédente. C'était un quartier populeux, dont les immeubles vétustes étaient bourrés de locataires endormis et sans défense. Rien que d'y penser, Harry en avait froid dans le dos, tandis que, bondissant d'une porte à l'autre, il continuait la poursuite. Quand elle-même passait devant une porte, Marie tournait légèrement la tête. Elle alla ainsi au-delà de la Seconde Avenue, mais, comme elle allait atteindre la Première, Harry la vit faire brusquement volte-face et revenir sur ses pas. Il se dissimula vivement dans une encoignure obscure tandis qu'elle passait en face de lui. Enfin, se dit-il avec soulagement, elle rentre ! Puis, tout aussitôt, l'atroce pensée lui vint que Marie n'avait peut-être fait tout ce chemin que pour choisir l'endroit le plus propice à l'exécution de son acte infernal.

Cette fois, il n'y avait pas un taxi en vue : la rue était déserte, tout le voisinage semblait comme mort. Marie atteignit un immeuble vide, un immeuble qu'on avait peut-être fait évacuer pour le vouer à la pioche des démolisseurs, car ses cinq étages de fenêtres ne comportaient pas un seul rideau et la plupart des vitres avaient été brisées par les balles des gamins. Marie était déjà passée devant la porte obscure en venant, mais, cette fois, elle sembla être happée par le trou noir. Un instant, elle était sur le trottoir, bien en vue, et l'instant d'après elle avait disparu comme une fumée. La comparaison fit de nouveau frissonner Jordan.

Sortant de sa cachette, il traversa obliquement la rue, en direction de l'immeuble où sa femme était entrée. A mesure qu'il s'en rapprochait, son pas s'accélérait, et c'est presque en courant qu'il prit pied sur l'autre trottoir. De là, il essaya de regarder à l'intérieur de la maison, mais ne put rien distinguer. Alors, il s'avança dans cette bouche d'ombre et, presque aussitôt, reçut un choc au creux de l'estomac, si douloureux qu'il recula vivement en se pliant à la façon d'un canif. Puis, massant d'une main son estomac, il avança l'autre pour repérer l'obstacle à tâtons. Harry comprit que la porte d'entrée n'existait plus. A sa place, la police avait dû faire clouer des planches, qui avaient été volées ensuite, à l'exception d'une de celles du milieu. Harry se baissa donc pour passer sous elle et s'aventura prudemment dans le couloir. Afin de se guider, il garda son épaule au contact du mur, s'arrêtant tous les deux pas pour prêter l'oreille, cherchant à découvrir où Marie était passée.

Soudain, le faible rayonnement d'une allumette apparut à l'autre bout du hall d'entrée. Non point la flamme elle-même, qui était cachée, mais son reflet orangé, à peine moins sombre que les ténèbres. Marie devait se trouver derrière l'escalier. Avant qu'il ait pu faire un pas de plus dans cette direction, Harry entendit un bruit de papiers froissés, puis celui d'une caisse traînée sur le sol. Alors, il avança rapidement, mais toujours sur la pointe des pieds. Comme il atteignait l'escalier, l'allumette s'éteignit, mais une autre fut enflammée presque aussitôt. Enfin, Harry arriva derrière l'escalier, tourna la tête, et se figea sur place.

Il la voyait de ses propres yeux : il la surprenait en

flagrant délit, sans que le moindre doute pût subsister. Elle avait tiré une caisse pleine de vieux journaux dans l'angle du hall qui se trouvait sous l'escalier aux marches de bois, un escalier tournant sur lui-même pendant cinq étages jusqu'à la verrière brisée qui, tout là-haut, assurerait le tirage. Il vit l'allumette enflammée quitter la main de Marie, tomber dans la caisse ; une seconde craqua, suivit le même chemin et, avec la rapidité que seule une femme peut apporter à un tel geste, Marie s'apprêta à en frotter une troisième...

D'une main, Harry immobilisa le poignet de sa femme et, de l'autre, la saisit par son épais chignon. Il la fit pivoter de côté et la balança derrière lui avant de la lâcher. Il l'entendit heurter violemment le mur. Leur silence à tous deux ne faisait qu'accroître l'horreur de la situation, tandis que les ténèbres s'estompaient un peu à la faveur des petites flammes qui s'élevaient chaque instant un peu plus haut dans la caisse. Avec son talon, il tira celle-ci de sous l'escalier et se mit à piétiner rageusement les papiers enflammés, tandis qu'il entendait les pas de Marie s'éloigner en une course folle vers l'autre extrémité du long couloir, atteindre la rue...

Harry ne pouvait pas se lancer à sa poursuite. Il lui fallait d'abord s'assurer que le feu était bien éteint. Il commit l'erreur de vouloir tirer la caisse au lieu de la porter jusqu'au-dehors. Elle s'accrocha à une aspérité du sol et se renversa sous la violence du choc. Instantanément les petits yeux rouges se mirent à luire de nouveau et l'appel d'air fit s'envoler, telles des lucioles, des papiers enflammés dans toute la cage de l'escalier. Avant même qu'il ait pu atteindre ceux qui s'étaient arrêtés au premier étage, Harry vit, au-dessus de lui, les vieilles planches sèches qui commençaient à brûler ; l'escalier semblait s'allumer du haut en bas avec une rapidité infernale, comme une pièce d'artifice. Trop tard ! Seul, il ne pouvait pas espérer maîtriser ce début d'incendie. Malgré lui, Marie était arrivée à ses fins !

Redescendant en hâte les marches qu'il avait gravies pour atteindre le premier étage, Harry courut vers la rue, pensant juste à temps qu'il devait se baisser pour éviter la planche barrant le seuil. Derrière lui, déjà, on entendait de légers craquements, comme si de nombreuses souris s'étaient mises à ronger quelque chose.

Jordan découvrit avec surprise que sa femme n'avait guère d'avance sur lui ; elle avait ralenti le pas, comme si elle ne pouvait s'arracher à la fascination du feu allumé par ses soins. Harry la rejoignit, la saisit par le bras, et l'entraîna à sa suite, tandis qu'il continuait sa course vers l'avertisseur d'incendie se trouvant au coin de la rue. Elle ne lui résista pas, ne chercha point à s'échapper, même quand il dut la lâcher pour briser la vitre et donner l'alarme. Aussitôt après, il l'entraîna de nouveau sans attendre l'arrivée des pompiers. Seul, Harry eût agi différemment, mais s'il était resté là il aurait eu peur que Marie dise quelque chose, qu'elle se trahisse en répondant aux questions des pompiers. Il ne voulait pas qu'elle fût arrêtée... pas avant qu'il ait eu la possibilité de découvrir ce qui l'avait poussée à agir de la sorte.

Ils étaient déjà trois pâtés d'immeubles plus loin, se hâtant en direction de leur domicile, quand ils croisèrent les voitures de pompiers dévalant la Troisième Avenue. Harry baissa la tête, mais Marie se retourna pour suivre les feux rouges du regard.

Pendant tout le trajet du retour, il ne lui parla qu'à un seul moment, pour lui demander d'une voix étranglée :

— Combien de fois avais-tu fait ça... avant ce soir ?

Elle demeura silencieuse.

Quand le liftier leur souhaita une bonne nuit en les déposant à l'étage, ce fut elle qui répondit : « Bonne nuit », comme si rien ne s'était passé.

Jordan poussa le verrou, refermant la porte sur eux et sur ce qu'ils étaient seuls à savoir. Du revers de la main, il essuya la sueur de son front et s'appuya lourdement contre le mur :

— Des gens auraient pu habiter dans cette maison...

— Mais non, répondit-elle simplement. Elle était vide.

— Et les locataires des maisons voisines ? D'ailleurs, même si ça n'avait été qu'un feu de bois au milieu d'un terrain vague...

Il la prit par les épaules, la contraignit à le regarder :

— Est-ce que tu ne te sens pas bien ? Est-ce ta tête qui... Pourquoi agis-tu ainsi ?

Elle recula en se dégageant, soudain terrifiée :

— Non, non, pas ça ! Je sais ce que tu penses ! Oh ! Harry, non, non ! Ils t'ont bien dit, après mon accident, que je n'avais rien... Harry, je t'en supplie !

Elle serait tombée à genoux s'il ne l'avait retenue.

— Alors, pourquoi fais-tu ça ? Pourquoi ? *Pourquoi ?*

— Je ne sais pas. Je ne peux pas m'en empêcher.

Et ce fut tout ce qu'ils se dirent cette nuit-là.

Jordan ne s'était pas recouché et était encore habillé comme lorsqu'il s'était lancé à la poursuite de Marie, quand le journal du matin fut déposé sur le paillasson. Se levant de sur la chaise, qu'il avait installée contre la porte de l'appartement, pour être bien certain que Marie ne pourrait pas ressortir, il prit le journal et se mit aussitôt à chercher le compte rendu de l'incendie nocturne. On n'en faisait pas grand cas, car les pompiers s'en étaient rendus maîtres après qu'il eut détruit l'escalier. On était enclin à penser que deux vagabonds, ayant trouvé refuge dans un des étages supérieurs, avaient mis le feu par inadvertance, soit en fumant, soit en voulant faire cuire quelque chose. L'un d'eux s'était enfui, mais l'on avait retrouvé l'autre dans la cour de l'immeuble : il s'était cassé la jambe en sautant pour échapper à l'incendie, et on l'avait transporté à l'hôpital.

Jordan prit une enveloppe sur laquelle il inscrivit le nom du blessé et l'adresse de l'hôpital, avant d'y enclore deux billets de cinq dollars.

Après quoi, il téléphona à la police :

— Ce type qui s'est cassé la jambe, au cours de l'incendie de la nuit dernière, va-t-il être inculpé de quelque chose ?

On lui répondit aussitôt par l'affirmative : l'homme serait inculpé de vagabondage et accusé d'avoir causé l'incendie après s'être introduit illégalement dans l'immeuble. Mais qui était à l'appareil au fait ?

— Je suis un des enquêteurs de la *Herk Insurance Company,* répondit Jordan. Pour ce qui est de l'inculpation de vagabondage et de s'être introduit illégalement dans l'immeuble, ce type est visiblement coupable, mais en ce qui concerne l'incendie, j'aurai probablement un mot à dire à sa décharge. Prévenez-moi à mon bureau quand l'affaire passera.

D'ici là, il aurait le temps de trouver un moyen de disculper le vagabond sans devoir accuser Marie.

Ensuite, il téléphona à son patron :

— Annulez le rapport que j'ai rédigé sur l'incendie d'avant-hier, l'immeuble de Lapolla, et ne payez rien jusqu'à nouvel ordre. (Il avala péniblement sa salive.) Il ne s'agit pas d'un accident... le feu a été mis volontairement.

A l'autre bout du fil, Parmenter fut immédiatement en proie à une vive excitation :

— Par qui ? Le savez-vous ?

— Par une femme inconnue, répondit gauchement Jordan. C'est tout ce que je puis dire pour l'instant, mais Lapolla n'y est certainement pour rien. Je vous ferai parvenir un nouveau rapport dès que j'aurai pu recueillir d'autres précisions... Je... euh... je ne viendrai que très tard au bureau aujourd'hui.

Après avoir raccroché le récepteur, Harry se dirigea vers la chambre à coucher. Sortant la clef de sa poche, il ouvrit la porte. La pièce était plongée dans l'obscurité, car il avait bloqué les volets pour que Marie ne pût pas les remonter.

En la voyant calmement étendue sur le lit, l'air innocent, il se demanda si elle était folle ou quoi. Pourtant, après son accident, quand ils avaient tous deux porté plainte contre la compagnie de taxis, des spécialistes l'avaient examinée sans rien déceler, aucune fracture, pas le moindre traumatisme. Sur ce point-là, Marie disait la vérité. C'était même pour

85

cela qu'ils avaient été déboutés. Mais peut-être les effets du choc subi par Marie ne s'étaient-ils fait sentir qu'à la longue ? Ou peut-être cela n'avait-il aucun rapport avec l'accident et s'agissait-il de quelque chose de plus profond, de plus inexplicable ?

Il éveilla doucement sa femme et lui dit :

— Il vaut mieux que tu ailles préparer le gosse pour l'école. Aucune allusion devant lui concernant cette nuit, compris ?

Quand le petit fut parti, il dit :

— Viens. Marie, sortons prendre un peu l'air ; je n'ai pas besoin d'aller au bureau aujourd'hui ; Parmenter est alité.

Sans mot dire, elle mit son manteau et son chapeau. Ils sortirent sans but apparent, mais Jordan s'arrangea pour gagner la Cinquième Avenue et, là, il fit signe à un autobus. En approchant de l'arrêt de la 168ᵉ Rue, il se prépara à descendre, et elle le suivit en silence. Mais, quand il s'arrêta un peu plus loin, elle leva soudain la tête et regarda le bâtiment :

— Oh ! c'est l'Institut psychiatrique ! s'exclamat-elle en pâlissant.

— Parmenter y est en traitement. Ils me l'ont dit quand j'ai téléphoné au bureau. Tu n'as qu'à entrer et m'attendre, pendant que je vais monter prendre de ses nouvelles.

Elle le suivit sans émettre d'autre protestation, et il la laissa dans la salle d'attente. En la quittant, il demanda à voir un des spécialistes. Quand on lui demanda de quoi il s'agissait, Harry ferma les yeux et eut peine à répondre :

— Je voudrais que ma femme soit mise en observation.

En venant là, il avait cherché une explication à leur

86

donner. Il ne pouvait pas se résoudre à leur dire toute la vérité... pas encore, du moins. En effet, dans ce cas, reconnue saine d'esprit, Marie serait passible d'une peine d'emprisonnement et, s'ils la déclaraient folle, on l'internerait dans quelque hideux asile municipal. Non, il ne voulait pas l'abandonner ainsi. Il y aurait toujours quelque clinique, quelque maison de santé à laquelle confier Marie, mais pas avant d'avoir une certitude. On lui demanda si elle manifestait des symptômes... et de quel genre ?

— Rien de très alarmant, répondit-il, mais elle... elle sort faire de courtes promenades au milieu de la nuit... sous prétexte qu'elle ne peut pas dormir.

A aucun prix il ne fallait parler du feu.

Avec hésitation, Jordan sortit de sa poche une petite bouteille pleine d'un liquide brunâtre qui provenait de l'humidificateur du chauffage central.

— J'ai quelque raison de penser qu'elle a essayé de me faire absorber un somnifère pour que je ne me rende pas compte de ses sorties nocturnes. En analysant ce liquide vous en aurez sans doute la preuve. Vous comprenez, nous avons un enfant et, pour le bien du petit, je voudrais que vous puissiez me rassurer...

Ils lui dirent qu'il pouvait prendre une chambre pour sa femme et la laisser à l'Institut jusqu'au lendemain, de façon qu'un spécialiste puisse l'examiner quand il arriverait. Mais il faudrait que sa femme soit consentante, car autrement ils ne pourraient pas la retenir contre son gré sans un certificat médical.

Harry acquiesça :

— Je vais aller lui exposer la chose.

De retour dans la salle d'attente, il s'assit à côté de sa femme :

— Marie, as-tu suffisamment confiance en moi pour accepter de passer la nuit ici, afin qu'ils puissent t'examiner et dire si tu as quelque chose qui ne va pas ?

Tout d'abord, elle s'effraya :

— Ce n'était donc pas ton patron ? je le sentais ! Quand tu m'as proposé de sortir, j'ai tout de suite compris que tu allais faire quelque chose comme ça !

Elle baissa le ton, pour que les autres personnes se trouvant dans la salle ne pussent entendre :

— Harry, je suis saine d'esprit ! Tu le sais ! Tu ne peux pas me faire ça !

— Tu as le choix : ou tu restes ici jusqu'à demain, ou je suis obligé d'aller tout raconter à la police. Qu'est-ce que tu préfères ? lui demanda-t-il, également à voix basse. Je suis obligé d'agir ainsi, sinon je serais complice. Tu finiras par tuer quelqu'un... si tant est que tu ne l'aies pas déjà fait sans que je le sache ! C'est pour ton bien, Marie.

— Je ne recommencerai plus jamais... jamais, je te le jure ! supplia-t-elle avec un accent de sincérité si convaincant que Jordan se rendit compte du danger.

Même maintenant, Marie ne semblait pas mesurer toute l'horreur de son geste et elle recommencerait certainement, chaque fois qu'elle en aurait la possibilité.

— Mais tu as dit toi-même ne pas savoir pourquoi tu agissais ainsi, ne pas pouvoir t'en empêcher...

— Ecoute... mets les allumettes hors de ma portée. Ne me laisse pas les voir, ne fume pas devant moi...

— Marie, comprends bien que je n'ai pas soufflé mot du feu... nous garderons cela pour nous jusqu'à ce que nous trouvions un moyen d'en finir avec cette obsession. Mais ne leur mens pas, Marie. Ils ne cherchent qu'à te venir en aide. S'ils te posent des questions, réponds-leur ouvertement, dis-leur que les allumettes te fascinent, mais sans leur préciser que tu as déjà cédé à cette attirance... (Il lui caressa la main d'un geste rassurant.) Tu comprends ?

Sa frayeur première se dissipait et elle était plus calme, à présent :

— Tu me jures qu'ils n'essaieront pas de me retenir malgré moi ? Qu'ils n'emploieront pas... qu'ils n'emploieront pas la camisole de force ou je ne sais quoi ?

— Je suis ton mari et je ne voudrais pas qu'on te fasse des choses comme ça. Tu passes la nuit ici, de ton plein gré, et demain matin, sans faute, je viens te chercher. C'est ensemble que nous écouterons alors ce qu'ils auront à dire.

— Je n'aime pas laisser le petit comme ça... Qui va s'occuper de lui, Harry ? Qui lui préparera ses repas ?

— Je vais l'envoyer chez Mrs Klein pour dîner et il y restera jusqu'à demain... Tu sais bien, la mère de son petit camarade ?

— Bon, alors, c'est d'accord, dit-elle, mais tu verras, ils ne me trouveront rien d'anormal. Tu verras !

Et tandis qu'ils se levaient elle souriait avec confiance, comme déjà sûre du diagnostic. Jordan remplit les formalités nécessaires au bureau des admissions et quand une infirmière emmena Marie vers sa chambre elle souriait encore.

Pour une raison qu'il s'expliquait mal, ce sourire ne rassurait pas Harry.

De retour à son bureau, Jordan commença trois fois un nouveau rapport sur l'incendie Lapolla, mais il n'avait pas l'esprit à ce qu'il faisait et, finalement, déchira tout ce qu'il avait écrit. Comment se montrer loyal envers la firme qui l'employait et prouver qu'il s'agissait d'un incendie volontaire sans mêler Marie à l'affaire ? Le moyen devait exister, mais pour le trouver, il fallait attendre d'être plus calme, de pouvoir réfléchir plus clairement.

Jordan rentra chez lui à trois heures, pour être là quand son fils reviendrait de l'école.

— Ta mère a été obligée de s'absenter jusqu'à demain, lui dit-il. Va demander à Mrs Klein si tu peux dîner et coucher avec Sammy.

Le gosse, ravi par cette perspective, partit en courant. Comme les Klein habitaient quelques immeubles plus loin, il fut de retour en dix minutes :

— C'est pas de veine, p'pa. Sammy attend un nouveau petit frère, et y a pas de place pour moi !

Bien sûr, Jordan aurait pu emmener son fils dîner au restaurant, puisque c'était surtout la question du repas qui l'embarrassait, mais le désappointement du gosse était si visible qu'il en eut de la peine pour lui :

— Tu n'as pas un autre petit copain chez qui tu pourrais aller ?

— Oh ! si, chez Frankie ! Il est au poil !

— Bon, mais donne-moi l'adresse d'abord ; j'y passerai ce soir et si ça ne me fait pas bonne impression je te ramène ici.

Les parents de Frankie s'appelaient Vizetelly et habitaient dans le voisinage, mais un peu plus à l'est. Le gosse lui assura que c'était « très chouette » chez eux et qu'il y avait déjà été des quantités de fois. Jordan sourit et le laissa partir. Puis, en soupirant, il s'en retourna à son bureau.

Il y resta longtemps après ses collègues, peinant sur le rapport Lapolla. La seule possibilité qu'il trouva, finalement, fut de modifier un peu les déclarations du chauffeur de taxi, en lui faisant dire qu'il avait cru voir une femme inconnue s'éloignant en courant de cette maison, quinze ou vingt minutes avant la découverte de l'incendie. La *Herk Compagny*, il en était certain, se fierait à son rapport et ne songerait pas un seul instant à interroger de nouveau le chauffeur ; mais si les services spéciaux des pompiers avaient vent de la chose... ouch ! C'était la première fois qu'il introduisait délibérément dans un rapport un fait contraire à la vérité... mais, sachant ce qu'il savait, conclure dans son rapport que l'incendie était d'origine accidentelle eût été un mensonge encore bien plus grand.

Jordan se rendait compte aussi qu'il allait devoir revenir également sur cet incendie de Washington Heigts, qui s'était produit la semaine précédente, mais un paiement avait déjà été fait par la compagnie et ça n'allait pas être un petit problème !

Harry, avec abattement, se prit la tête à deux mains. Finalement, il enferma le rapport dans son tiroir et, se levant, regarda l'heure. Plus de neuf heures ! Il avait fait un drôle de rabiot ! Eteignant la lumière, Harry quitta le bureau silencieux et remit la clef au portier.

Jordan alla dans un petit restaurant, commanda un plat du jour, mais s'aperçut ensuite qu'il n'avait même pas assez d'appétit pour le manger. Il resta à fumer une cigarette après l'autre, en se demandant quel serait le verdict des psychiatres. A l'heure actuelle, ils avaient dû l'examiner ; ils n'auraient sûrement pas attendu le milieu de la nuit pour le faire. Peut-être pourrait-il connaître leurs conclusions en passant à l'Institut ? Peut-être pourrait-il parler à Marie ? Il verrait ainsi comment elle prenait la chose et lui remonterait éventuellement le moral. Pourquoi pas ? Elle était là de son plein gré et son état ne l'obligeait pas à garder le lit... Finalement, il se leva et se dirigea vers la cabine téléphonique du restaurant.

Quand il eut obtenu l'Institut psychiatrique au bout du fil, Harry demanda timidement :

— Me serait-il possible de dire un mot à Mrs Marie Jordan ? Elle est entrée en observation à midi... chambre 210. Je suis son mari...

— L'Institut n'est pas un hôtel, Mr Jordan, lui répondit-on sèchement. Ç'est absolument interdit par le règlement.

— On ne peut même pas l'appeler au téléphone ? fit-il désolé.

— Non, mais de toute façon Mrs Jordan, à sa demande, a été rayée des contrôles il y a une demi-heure, comme parfaitement saine de corps et d'esprit.

Jordan eut un sursaut !

— Oh ! mon Dieu, gémit-il. Est-ce que vous vous rendez compte de ce que vous avez fait ?

— Habituellement, oui ! riposta l'infirmière d'un ton acide. Un instant, je vous prie... Pour votre information, je vais regarder le rapport du spécialiste...

En attendant le retour de son interlocutrice,

Harry sentit les gouttes de sueur rouler sur son front. Puis l'infirmière se mit à lire :

— Marie Jordan, trente-huit ans, soixante-trois kilos, yeux bleus, cheveux... c'est bien votre femme ?

— Oui, oui ! Que dit le spécialiste ?

— Parfaitement normale, continua-t-elle de lire. Sentiment maternel fortement développé. Métabolisme : bon. Aucun désordre nerveux. Conclusion : nulle nécessité d'entreprendre un traitement quel qu'il soit... J'aimerais attirer votre attention, Mr Jordan, sur un bref post-scriptum que le docteur Grenell a ajouté de sa propre main. Le docteur Grenell, vous l'ignorez peut-être, fait autorité pour tout ce qui relève de la psychiatrie. Il sait ordinairement ce qu'il dit et le cas de votre femme lui paraît très clair. Ecoutez plutôt. (Elle se racla la gorge de façon significative.) « J'ai la nette impression, écrit le docteur Grenell, qu'il s'agit d'une évidente volonté de persécution de la part du mari. En fait, c'est lui qui aurait besoin d'être soigné, si l'on en juge par la manie qu'il a de suivre sa femme furtivement dans les rues, au point qu'elle sort maintenant seulement quand elle le croit endormi. En outre, il l'a enfermée toute une nuit dans sa chambre, montant la garde devant la porte, et il s'imagine que sa femme met des drogues dans les aliments qu'elle lui prépare. L'analyse chimique de l'échantillon qui nous a été remis prouve que cette accusation est sans fondement. Il est certain que si le traitement auquel la soumet son mari se prolonge pendant des mois ou des années cela finira par influer sur la raison comme sur la santé de la consultante, mais, pour l'instant, il n'en est rien. Je lui ai dit que si son mari continuait à agir ainsi elle devrait demander la protection de la police. Signé : Grenell. »

— Dites au docteur Grenell que je le félicite ! gronda Jordan dans l'appareil. Il vient de lâcher une pyromane au beau milieu d'une ville endormie !

Il raccrocha le récepteur et resta un instant comme assommé, s'appuyant à la cloison de l'étroite cabine.

Peut-être avaient-ils raison, peut-être Marie était-elle saine d'esprit... mais alors, c'était une criminelle... dans la pire acception du terme, sans même la triste excuse habituelle qui est la cupidité !

Harry secoua la tête. Non, il avait raison et c'était eux qui se trompaient, en dépit de toute leur science et toute leur assurance. Elle avait eu la chance de réussir à les abuser, voilà tout. A cause de l'attitude de sa femme, la veille au soir, il demeurait convaincu que l'infusion contenait quelque drogue, mais celle-ci avait dû se déposer au fond de l'humidificateur et il n'en avait pas recueilli dans le flacon en le remplissant à la surface du liquide. Au fond, il ne les blâmait pas de s'être trompés de la sorte, puisqu'il leur avait dissimulé la clef de toute l'affaire, en voulant protéger Marie. Et ça s'était retourné contre lui, en définitive ! Bien sûr qu'il l'avait enfermée dans la chambre, bien sûr qu'il l'avait suivie dans la rue ! Ce qu'ils ne savaient pas, c'est qu'il l'avait aussi surprise à une heure du matin, en train de jeter des allumettes enflammées dans une caisse de vieux papiers, sous l'escalier d'une maison abandonnée ! Le diable les emporte, ils ne l'avaient pas aidé le moins du monde et il demeurait seul pour faire face à la situation.

Sentiment maternel fortement développé... oui, c'était vrai, mais qu'est-ce que cela prouvait ? Marie était parfaite en tous points… si l'on exceptait cette horrible tendance qui s'était affirmée en elle. *Fortement développé…* Le gosse !

Un frisson parcourut le dos de Jordan. Il y avait une demi-heure que Marie avait quitté l'Institut psychiatrique. C'est au petit qu'elle penserait en premier, et elle savait où il avait l'intention de lui faire passer la nuit ! Il n'avait désormais plus confiance en sa femme pour quoi que ce fût. Il lui fallait absolument arriver avant elle chez le copain du gosse. Il ne pensait pas qu'elle pourrait faire du mal au petit, mais elle était capable de l'emmener, de disparaître avec lui, n'osant plus revenir à la maison, par crainte ou bien parce qu'elle en voulait à son mari de ce qu'il lui avait fait.

Non, maintenant, il ne pouvait plus avoir confiance en elle. Même si elle revenait à la maison, il aurait toujours l'œil sur le petit et coucherait dans la même pièce que lui ! Pouvait-on se fier à une femme dont le sens moral ne s'offusquait pas de brûler vifs des êtres humains ? Qui administrait un somnifère à son propre mari ?… Sans parler du reste !

Jordan sortit de la cabine téléphonique avec une telle précipitation qu'il faillit en briser la vitre. Il jeta un billet au caissier, n'attendit pas la monnaie, et arrêta un taxi dès qu'il fut dehors. Il donna l'adresse des Klein au chauffeur :

— Le plus vite possible… chaque minute compte !

Mais il se trouvait à l'autre bout de la ville, non loin de son bureau, et près de trois quarts d'heure s'écoulèrent avant qu'il arrivât à destination, bien que son chauffeur se fût joué de la signalisation avec une incroyable habileté. Harry lui tendit un billet qui rendait le pourboire généreux et bondit à l'intérieur de l'immeuble. Quelques instants plus tard, il sonnait fiévreusement à la porte de l'appartement, et ce fut Klein lui-même qui vint ouvrir. Derrière lui, les pièces étaient éclairées *a giorno* et l'on y sentait régner la plus vive surexcitation.

— Chut! fit fièrement Klein. Ma femme est en train d'accroître notre famille.

Et il exhiba un cigare qu'il lui offrit pour fêter l'événement.

Jordan recula d'un pas, portant une main à son front :

— Oh! je me rappelle, à présent! Il me l'avait dit... il est ailleurs... mon petit...

Fébrilement, Harry fouillait dans ses poches en quête du bout de papier sur lequel il avait inscrit l'adresse.

— Oui, votre femme est déjà venue demander après lui, il y a un instant. Elle aussi le croyait ici. Je n'étais au courant de rien, mais j'ai entendu Sammy, mon plus jeune, dire que votre fils était allé chez un autre copain...

Il s'interrompit avec stupéfaction en voyant que son interlocuteur dévalait déjà l'escalier, un bout de papier à la main. Baissant les yeux, il aperçut, gisant à ses pieds, le cigare enveloppé de cellophane dont il venait de faire présent à Jordan. Il se baissa pour le ramasser, tout en disant avec un hochement de tête :

— Aucun sentiment paternel!

La main de Harry se crispait sur le bout de papier, comme si ce contact pouvait le faire arriver plus vite à destination. Vizetelly... c'était là que le petit était... Ah! pourquoi ne s'en était-il pas souvenu plus tôt! Marie, cette fois, avait eu sûrement le temps de l'emmener avant qu'il arrive... Si c'était pour revenir à l'appartement, très bien… mais si son pauvre esprit malade lui avait suggéré l'idée de s'enfuir avec le gosse, de se cacher quelque part, comment pourrait-il retrouver…

La sirène d'une voiture de pompiers quelque part, au loin, pétrifia un instant Jordan sur place, lui glaçant l'épine dorsale. Puis il repartit en courant : la voiture était trop loin pour que cela pût avoir un rapport. Mais voilà que la sirène, au lieu de s'éloigner, se rapprochait chaque seconde davantage et sa clameur devint assourdissante quand la voiture passa en face de Jordan, au bout de la rue qu'il était en train de suivre. Puis il en vit passer une seconde, une troisième… Quand, accélérant sa course, il tourna le coin de la rue, il vit des gens qui couraient comme lui, mais moins vite et d'un air moins effrayé, vers une rue de traverse, deux pâtés d'immeubles plus loin. Et c'était la rue dont le nom était inscrit sur le papier qu'il tenait à la main.

Jordan traversa la chaussée, sans se soucier des autos ; des freins grincèrent, son chapeau tomba, des invectives l'assaillirent, mais il continua son chemin sans même tourner la tête. « Oh ! non, mon Dieu, non ! suppliait-il intérieurement. Il y a tant d'autres maisons dans ce coin, ne permettez pas que ce soit justement celle-là, le 322… ce serait vraiment trop terrible… ça, après tout le reste… pitié, *pitié* ! »

Au virage, il aperçut les échelles dressées, les lances arrosaient déjà le toit, la fumée qui obscurcissait le ciel, noir en haut, rouge en bas… et c'était tout près d'où devait se trouver l'immeuble qu'il cherchait. Harry dut ralentir sa course, car la foule devenait de plus en plus dense. 316… Eh bien ! heureusement qu'il venait chercher le petit… ce

Irish Cocktail.   4.

devait être la maison juste à côté ! 318... un policeman lui fit signe de reculer ; Harry plongea sous
son bras tendu, mais ce fut pour se heurter à un
mur humain, solidement contenu par les cordes qui
avaient aussitôt été tendues. Un râle s'échappa de
ses lèvres tandis que son regard continuait seul la
course interrompue. Encore une porte, le 320, avec
des gens, un pompier... Et la porte suivante... à
peine visible au sein de la fumée où s'affairaient
des silhouettes sur les cirés desquelles courait
l'orange reflet d'un brasier intérieur. Des vitres
volaient en éclats, on voyait des haches... des cris
perçants venant de haut... une femme qui descendait une échelle, tenant une cage d'oiseau à la
main...

Après un moment, Harry cessa de lutter et de se
débattre, car cela l'épuisait et il ne réussissait qu'à
perdre du terrain, repoussé en arrière par ceux qui
l'environnaient. Il les suppliait, les questionnait
désespérément, et n'obtenait jamais de réponse.
Puis, finalement, après des heures, lui sembla-t-il,
Harry entendit dire que tous les locataires avaient
été évacués... Mais nulle part il n'apercevait son
fils. Ne connaissant même pas de vue les gens qu'il
cherchait, Jordan se mit à courir parmi les rescapés
en criant : « Vizetelly ! Vizetelly ! ». Finalement, il
trouva l'homme, mais celui-ci était en proie au
même affolement que lui-même :

— Je ne sais pas ! Je ne trouve pas les miens !
J'étais au bistrot du coin quand ils sont venus me
dire...

Cette fois, ils durent empoigner Jordan pour
l'empêcher de se précipiter à l'intérieur de l'immeuble. Il toussait, pleurait, et le policeman auquel

on le passa dut l'étendre de force sur le trottoir avant qu'il renonce à se débattre :

— Il est là-haut, je vous dis ! Pourquoi ne va-t-on pas le chercher ! Laissez-moi y aller, laissez-moi y aller !

— Du calme, du calme... ou je serai obligé de vous assommer ! Ils sont remontés voir encore une fois.

Le policeman l'avait laissé se relever, mais le maintenait contre le mur de la maison voisine, et Harry vit les deux pompiers redescendre de nouveau le long de l'échelle. L'un d'eux s'effondra en mettant pied à terre et on dut l'emporter. Alors Harry entendit ce que l'autre criait, d'une voix rauque à son officier :

— Oui, y a quelque chose dans la pièce de derrière, tout en haut, mais j' peux pas dire si c'est un gosse ou une grosse bûche... pas pu m'approcher assez près. Je vais remonter... mais fallait d'abord que je descende Marty...

On entendit un grand « boum » à l'intérieur de l'immeuble, comme une explosion de dynamite.

— Et vlan, le toit ! dit quelqu'un.

Un tourbillon de fumée, de cendres, de tisons, jaillit de la porte et les environna. Mettant à profit cet instant de confusion, Jordan sortit de son étui le revolver du policeman et le dissimula sous son veston. L'autre, éternuant, les yeux douloureux, l'uniforme déjà en désordre à la suite de sa lutte avec Jordan, ne s'en aperçut même pas.

Ce fut seulement plus tard, alors qu'il s'éloignait d'un pas chancelant, que Harry comprit vraiment pourquoi il avait pris l'arme. Comme les autres fois, c'était Marie qui avait allumé cet incendie ; dès le premier instant, il en avait eu la certitude, et c'est pourquoi il serrait le revolver contre sa poitrine. Un jour, tôt ou tard, il la retrouverait. Jusque-là, il ne connaîtrait point de répit ! Il n'avait pas eu besoin d'entendre ce qu'une locataire avait raconté à l'officier commandant les pompiers, d'une voix rendue stridente par l'hystérie :

— Je vous dis que j'ai vu une femme n'appartenant pas à la maison... elle est partie en courant, dix minutes à peine avant que ça commence ! J'étais à ma fenêtre, guettant le retour de mon mari ! C'est comme ça que je l'ai vue. Elle regardait toujours par-dessus son épaule, comme si elle avait fait quelque chose qu'elle n'aurait pas dû !

Il n'avait pas eu besoin de voir Vizetelly serrer son fils contre lui pour savoir ce que pouvait être la « grosse bûche » sur quoi le toit s'était effondré... La seule victime, la seule personne disparue... son fils et celui de Marie !

Le résultat n'aurait pu être plus terrible si Marie avait voulu qu'il en fût ainsi... Mais peut-être était-ce le cas ? *Sentiment maternel fortement développé...* Le bonheur de Marie, c'était le feu... et elle avait voulu que le petit partageât son bonheur...

Jordan aspira l'air, comme un homme qui suffoque.

On avait d'abord tenté de l'embarquer dans une ambulance, en disant qu'il avait besoin de se remettre du choc, mais il avait su les convaincre qu'il était en état de rentrer chez lui. Le remède, il l'avait sous son veston. Le meilleur des remèdes, un remède radical. Il commençait par rentrer chez lui : il y attendrait Marie, au cas où, ignorant qu'il était déjà au courant, elle déciderait de regagner le domicile conjugal. Si elle ne revenait pas, alors il partirait à sa recherche.

Enfin, il atteignit son immeuble et gagna l'ascenseur d'un pas mal assuré. Le liftier le vit étrangement pâle, une main crispée sur le côté de son veston, comme si quelque chose lui faisait mal, mais il ne dit rien. Quand l'ascenseur redescendit, Harry mit la clef dans la serrure et rentra chez lui.

Dans l'état d'hébétude où il se trouvait, Jordan fut un moment avant de remarquer qu'il n'avait pas eu à allumer l'électricité et c'est alors qu'il la vit, tapie dans le coin du living-room le plus éloigné de l'entrée, tournant vers lui un visage où se lisaient la terreur et la culpabilité. Il n'avait pas besoin de poser la question : la réponse était devant ses yeux. Cependant, fermant derrière lui la porte du living-room, il lui demanda d'une voix comme morte :

— Est-ce toi qui as fait ça, au 322, ce soir ?

Elle dut lire la mort sur son visage, et sa terreur fut telle qu'elle ne chercha pas à nier :

— J'étais seulement allée pour... je... je... Oh ! Harry, je n'ai pas pu m'en empêcher ! Je ne voulais pas, mais c'était plus fort que moi... mes mains agissaient toutes seules... Ramène-moi à l'hôpital, Harry !

— Pour que tu leur racontes les mêmes histoires ? dit-il d'une voix étranglée. Tu sais ce que tu nous as pris, n'est-ce pas ?

Elle se mit à secouer la tête, de plus en plus rapidement, comme une pendule.

— Viens plus près de moi, Marie. Ne baisse pas les yeux, regarde mon visage...

Le coup partit avec un bruit assourdissant et parut les soulever tous deux, tellement ils étaient proches l'un de l'autre.

Marie ne tomba pas ; il y avait la cheminée derrière elle et, chancelant à la renverse, elle s'y accrocha des deux mains, y demeura comme suspendue, ses dix doigts tentant de se retenir à la vie. Son regard devint vitreux :

— Tu n'aurais pas... dû faire ça... murmura-t-elle. Tu vas... réveiller le petit.

Jordan entendit la porte se rouvrir derrière lui. Il tourna la tête et vit son fils.

Titre original : THE NIGHT REVEALS
(traduit par M.-B. Endrèbe)

SI JE DEVAIS MOURIR
AVANT DE M'ÉVEILLER

La petite fille qui était assise devant moi, en classe de septième, s'appelait Millie Adams. Je ne me rappelle pas grand-chose d'elle, car je n'avais alors que neuf ans, tandis que maintenant je vais sur mes douze ans. Je ne me souviens que des trois sucres d'orge — les deux qu'elle eut et celui qu'elle n'eut jamais — et de la façon dont elle disparut. Moi et les copains, on la taquinait toujours. Après, quand ç'a été trop tard, j'aurais voulu qu'on l'ait pas fait. On ne la taquinait pas parce qu'on avait quelque chose contre elle, mais simplement parce que c'était une fille. Elle avait deux nattes, qui lui pendaient dans le dos, et je m'amusais toujours à en tremper le bout dans l'encrier ou à y flanquer du chewing-gum. Qu'est-ce que j'ai attrapé comme heures de colle à cause de ça !

A la « récré » de midi, je la suivais dans la cour en tirant ses nattes et criant : « Ding, ding ! » comme si ç'avaient été des sonnettes. Elle me répétait toujours :

— Je le dirai à un agent !

— Peuh ! que je faisais. Mon père, il est inspecteur de troisième classe ; c'est mieux que n'importe quel agent !

105

— Ben alors, je le dirai à un inspecteur de deuxième classe ; c'est mieux que n'importe lequel de troisième, na !

Ça m'en avait bouché un coin ; aussi, le soir même, j'en parlai à papa.

Papa regarda ma mère d'un air un peu gêné et elle devança sa réponse :

— C'est pas mieux, mais c'est plus malin. Ton père passera probablement en seconde classe quand il aura cinquante ans.

Mon père parut encore plus embarrassé, mais il ne dit rien.

— Ben, moi, déclarai-je, j'en serai un quand je serai grand.

— Dieu veuille que non ! s'exclama ma mère, mais c'était plutôt à papa qu'elle semblait parler. Jamais à l'heure pour les repas ! Appelé dehors au beau milieu de la nuit ! Toujours à risquer ta vie, sans jamais que ta femme sache si tu reviendras sur une civière ou pas du tout ! Et pour quoi ? Pour avoir une retraite qui te permettra tout juste de ne pas crever de faim, après que tu leur auras donné ta jeunesse, tes forces... quand ils ne te jugeront plus assez bon pour les servir !

Moi, ça me paraissait plutôt engageant, somme toute. Je vis papa sourire :

— Mon père était déjà dans la police, dit-il, et je me souviens que ma mère racontait la même chose quand j'avais l'âge de Tommy. Autant te le mettre tout de suite dans la tête : tu ne pourras pas l'en empêcher. C'est dans le sang !

— Ouais ? Eh bien ! je le lui ferai sortir du sang, moi... même si ça doit être à coups de martinet !

Comme on était toujours à la taquiner, Millie

Adams prit l'habitude de manger son déjeuner à l'intérieur de la classe, au lieu de le faire dans la cour. Un jour que j'allais sortir avec le mien, je la vis ouvrir sa petite mallette et j'aperçus le sucre d'orge qui était dedans. Un de ceux qui coûtent un nickel [1], pas un de ces petits qu'on a pour un *cent*. Et puis c'était un jaune, un au citron, le goût que je préfère. Aussi je suis resté pour tâcher de me mettre bien avec elle.

— Allons, soyons copains, que je lui ai dit. Où que tu l'as eu ?

— Quelqu'un me l'a donné, mais c'est un secret.

Les filles essayent toujours de vous raconter que c'est un secret quand on leur demande quelque chose. Mais, moi, on me la faisait pas. Jamais Millie n'avait eu un nickel pour s'acheter des bonbons, et Mr Beidermann nous aurait jamais fait crédit pour un sucre d'orge à un *cent,* alors, vous pensez, pour un comme celui-là, avec du beau papier autour !

— Je parie que tu l'as chipé !

— Non, c'est pas vrai ! s'indigna-t-elle. C'est un monsieur qui me l'a donné. Un monsieur drôlement gentil. Il était au coin de la rue quand je suis venue à l'école, ce matin. Il m'a appelée et il l'a sorti de sa poche en disant : « Tiens, petite fille, tu veux un sucre d'orge ? » Il m'a dit aussi que j'étais la plus jolie petite fille qu'il ait vue passer depuis qu'il était l'...

Elle se couvrit vivement la bouche avec sa main :

— Oooh ! j'ai oublié ! Il m'avait dit d'en parler à personne ! Ou qu'il ne me donnerait plus jamais de sucre d'orge !

— Laisse-moi le sucer un peu et je ne le répéterai pas.

1. Cinq *cents* ou un vingtième de dollar.

— Tu le jures?

J'aurais juré n'importe quoi pour goûter au sucre d'orge. J'en avais l'eau à la bouche. J'ai tendu la main et j'ai juré. Une fois qu'on a fait ça, c'est sacré... surtout quand on a, comme moi, un père qu'est inspecteur de troisième classe. Vous comprenez, on n'est pas comme les autres, on peut pas manquer à sa parole, même si c'est à une fille qu'on l'a donnée. Ou alors on est un moins que rien. C'est papa qui me l'a dit, et tout ce qu'il dit est vrai.

Le lendemain, à midi, quand Millie a ouvert sa mallette, c'était un à l'orange qu'il y avait dedans. Et l'orange, c'est aussi un des goûts que je préfère. Alors, vous pensez! D'ailleurs, elle a pas cherché à tricher : on suçait un coup chacun.

— Oh! il est rudement gentil, tu sais! me dit-elle. Il a des yeux qui brillent et il est toujours à regarder autour de lui. Pour demain, il m'en a promis un au caramel!

Le caramel, c'est justement ce que je préfère.

— Je parie qu'il oubliera!

— Il m'a dit que s'il oubliait, j'aurais qu'à le lui rappeler et que j'irais le chercher avec lui. Je pourrais même en prendre beaucoup d'autres. Il a une grande maison dans la forêt, qu'est toute pleine de sucres d'orge, de boules de gomme et de tablettes de chocolat! Je pourrais en rapporter autant que je voudrais!

— Alors, pourquoi que tu y as pas été? ricanai-je.

Comme si n'importe qui ayant son bon sens aurait laissé passer une occasion pareille! Je savais bien qu'elle me racontait des trucs pour se donner de l'importance.

— Parce qu'il était neuf heures moins une et que

ça sonnait déjà. Si tu t'imagines que je veux arriver en retard, pour ne pas avoir mon tableau d'honneur ! Mais, demain, je partirai plus tôt de chez nous et comme ça j'aurai tout le temps.

Quand on quitta l'école, à trois heures, je restai un peu en arrière pour pas que les copains me voient avec Millie et disent que j'étais une fille. Mais elle revint, juste comme je commençais une partie de chat courant avec Eddie Riley, et elle me tira par la manche :

— Regarde, qu'elle me dit tout bas, voilà le monsieur qui me donne les sucres d'orge. Tu vois, là-bas, sous la tente ? Ah ! tu me crois, maintenant ?

Je regardai, mais y avait rien d'extraordinaire à voir. Juste un type avec un vieux complet et des bras longs comme ceux des singes du zoo, qui lui pendaient presque jusqu'aux genoux. La tente lui faisait de l'ombre sur la figure, mais je voyais quand même ses grands yeux qui brillaient. Il avait un chouette couteau pliant à la main et il s'en servait pour s'ôter une cale au doigt en regardant autour de lui, comme s'il voulait pas qu'on s'aperçoive de ce qu'il faisait.

J'étais gêné qu'Eddie Riley me voie parler à une fille, aussi je la repoussai de côté en disant :

— Oh ! alors, ce que j' m'en fiche ! Allez, Eddie, c'est toi qu'es chat !

De toute façon, Millie n'aurait plus de sucre d'orge avant le lendemain.

Tandis que je courais pour échapper à Eddie, je vis Millie et le monsieur qui descendaient la rue en se tenant par la main. Puis, tout d'un coup, comme Eddie venait de m'attraper et s'enfuyait à son tour, j'ai vu le bonhomme qui lâchait Millie et revenait en vitesse pour disparaître au coin de la rue, comme s'il avait oublié quelque chose. Quand je me suis retourné, j'ai vu arriver Mr Murphy, l'agent de la circulation qui se met toujours devant l'école pour arrêter les voitures quand on traverse.

*
**

Le lendemain, Millie perdit son tableau d'honneur, car elle ne vint pas à l'école de toute la journée.

J'espérais un peu qu'elle serait là le lendemain, avec des tas de sucres d'orge, comme elle avait dit, et qu'elle partagerait avec moi. Mais, le lendemain, sa place demeura également vide.

Le principal vint dans notre classe, juste avant trois heures, et il y avait deux types en gris avec lui, qui restèrent dans le couloir. D'abord, on a eu peur, des fois que quelqu'un se serait plaint qu'on avait cassé un carreau ou un truc comme ça, mais c'était rien. Le principal voulait juste savoir si quelqu'un de nous avait vu Millie Adams en venant à l'école, la veille.

Une fille leva la main et dit qu'elle était passée pour prendre Millie, mais que Millie était partie très tôt, à huit heures un quart, si bien qu'elle l'avait pas trouvée.

J'allais leur parler de ce qu'elle m'avait dit, de la maison dans la forêt qui était pleine de bonbons, mais je me souvins que j'avais juré et que mon père était inspecteur de troisième classe. Alors, je ne pouvais rien dire, s'pas ? Et puis, je savais bien que c'était des blagues. Ça les aurait simplement fait rire et peut-être même qu'ils m'auraient envoyé au coin.

On n'a jamais revu Millie.

Un jour, environ trois mois après, notre maîtresse, Miss Hammer, avait les yeux tout rouges, comme si

110

elle avait pleuré juste avant que la cloche sonne. Et, à partir de ce moment-là, on a presque plus vu papa à la maison, pendant près d'une semaine. Il rentrait juste un moment le soir, le temps de se raser et de prendre une douche, et puis il repartait. Un soir, à travers la porte, je l'entendis qui parlait d'un « fou échappé », mais je ne compris pas ce que ça voulait dire. Je pensai qu'il s'agissait d'une sorte d'animal, d'une race de chien, peut-être.

— Si seulement nous avions la moindre piste, disait papa. Un signalement, quelque chose, mais rien ! Et tu sais, si nous ne l'attrapons pas, il recommencera. Ça ne manque jamais !

Je quittai mon lit et allai trouver mon père dans la salle à manger :

— Papa, quand on a juré de pas répéter quelque chose et qu'on est le fils d'un inspecteur de troisième classe, est-ce qu'on peut pas manquer à sa parole ?

— Non, dit-il, jamais. Il n'y a que les moins que rien pour manquer à leur parole...

— Et un dans la famille, ça suffit ! coupa sèchement ma mère. Allez, ouste !

Comme il y avait de la torgnole dans l'air, je retournai vite me coucher.

Cette semaine-là, quand il revenait ainsi à la maison, papa rapportait parfois des journaux avec lui. Mais, quand je les retrouvais, le lendemain, on avait découpé la première page, comme s'il y avait dessus la photo de quelqu'un qu'on voulait pas que je voie. Mais moi, c'étaient les bandes dessinées qui m'intéressaient. Puis, au bout d'une semaine, on n'a plus coupé la page, et papa s'est remis à rentrer pour dîner.

Et nous tous, les copains, à l'école, on a eu vite oublié Millie Adams.

L'année suivante, je changeai de classe et l'année d'après aussi. En travail, j'ai jamais pu avoir au-dessus de « Assez bien », et « Passable » en conduite, mais, du moment que je ne restais pas à la traîne, papa se contentait de me frotter la tête avec sa main en disant : « Ça va, Tommy ; de toute façon, tu feras un bon détective. T'es bien le fils de ton père. » Seulement, il disait ça quand maman n'était pas là ! Oh ! j'allais oublier. Papa est passé en seconde classe, alors qu'il avait tout juste trente-cinq ans et non pas cinquante, comme maman avait dit. J'ai remarqué qu'elle est devenue toute rouge, quand il le lui a rappelé.

En sixième, j'ai eu de la veine, mais en cinquième j'ai encore eu une fille devant moi. C'était une nouvelle, qui arrivait d'une autre école, et elle s'appelait Jeanie Myers. Elle avait toujours une robe avec un col marin et ses cheveux étaient tout en boucles dans le dos.

Tout de suite, je l'ai bien aimée, car elle était bonne élève et, comme ça devenait de plus en plus difficile, c'était bien commode qu'elle me laisse regarder la réponse par-dessus son épaule. La plupart des filles, elles vous laissent jamais regarder, mais Jeanie, c'était comme un copain. Aussi, quand les autres ont voulu la taquiner, y en a un qui a reçu mon poing en plein dans le nez, et ils n'ont pas insisté. Malheureusement, elle éprouvait le besoin de me dire devant tout le monde : « Tommy Lee, je te trouve merveilleux ! » et ça me faisait pas plaisir, vous pensez !

Mais, à part qu'elle me laissait copier, Jeanie était aussi bête que les autres filles. Elle avait une manie de gosse : elle était folle des craies de couleur. Elle en avait toujours dans ses poches, et quand on voyait des traînées roses ou jaunes sur une palissade ou le côté d'une maison, on était sûr que Jeanie Myers était passée par là. C'était plus fort qu'elle : il fallait qu'elle flanque de la craie sur tout ce qui était à portée de sa main, et elle ne pouvait pas aller quelque part sans faire courir sa craie le long des murs ou sur le trottoir. Nous, on avait bien de la craie aussi, mais de la blanche, et on s'en servait pour des trucs utiles, pour marquer les buts d'une partie de base-ball, par exemple, ou bien pour dessiner la prison par terre, quand on jouait aux gendarmes et aux voleurs, et pas pour faire des zigzags sur les palissades. La plupart du temps, Jeanie ne regardait même pas ce qu'elle faisait, raclant simplement le mur avec le bout de craie qu'elle tenait à la main, tout en continuant de marcher.

Avec cette manie-là, elle avait presque jamais le rond. Vous pensez, les craies de couleur, ça coûte facilement dix *cents* la boîte, et il lui arrivait d'en user jusqu'à deux boîtes dans une semaine. Aussi ne lui restait-il jamais de quoi acheter des bonbons. C'est pourquoi je fus surpris, un jour, à la récré, de la voir déplier un sucre d'orge à cinq *cents*.

Il était jaune. Au citron. Justement ce que je préfère.

— Hier, lui reprochai-je, t'as pas voulu me prêter un penny pour acheter des caramels, et puis tu t'es acheté tout un sucre d'orge à cinq *cents,* rapiate !

— C'est pas vrai ! C'est un monsieur qui me l'a donné ce matin, quand je venais à l'école !

— Oh ! dis. Depuis quand qu'on file des bonbons à l'œil dans la rue ? Tu me fais marcher.

— Pas du tout ! Il est fabricant de bonbons, c'est

pour ça. Il en a tout un plein entrepôt ou je ne sais quoi. Je pourrai en prendre tant que je voudrai, pour rien. J'aurai qu'à aller là-bas pour me servir...

L'espace d'une minute, j'eus la drôle d'impression que quelqu'un que j'avais connu dans le temps avait aussi reçu un sucre d'orge jaune comme ça. J'essayai de me rappeler qui c'était, mais pas mèche. En tout cas, c'était pas la semaine précédente, ni celle d'avant, ni le mois dernier. C'était même pas l'année dernière et, comme je ne me souvenais déjà plus que vaguement de ce qui m'était arrivé l'année précédente, j'y renonçai.

Quand elle eut sucé son sucre d'orge à moitié, Jeanie le partagea avec moi. Elle était vraiment gentille !

— Va pas raconter aux autres ce que je t'ai dit, me demanda-t-elle, ou ils voudraient tous aller là-bas.

Le lendemain, quand on sortit pour la récré, Jeanie se retourna vers moi et me chuchota par-dessus son épaule :

— Reste ! J'en ai un autre.

Elle n'ouvrit sa boîte à provisions que lorsque tous les autres furent sortis et me le montra. Il était à l'orange, le goût que je préfère. Je m'installai à côté d'elle et on se mit au travail. *Slup, slup, slup...* là ; à toi, maintenant !

Tout en suçant, je regardais le tableau noir où il n'y avait rien d'écrit. J'essayais de me rappeler quelque chose à propos d'un sucre d'orge orange. Jaune d'abord, puis orange... J'avais comme l'impression que ça m'était déjà arrivé.

— Mon vieux, ce que c'est chic, cette semaine ! me dit Jeanie entre deux léchées. Un sucre d'orge à

114

l'œil tous les jours. Il est vraiment gentil, quand même. Devine à quoi y sera, demain ? Au caramel !

Sans savoir comment ça s'était fait, voilà que je ne pensais plus à des sucres d'orge. J'essayais de me rappeler des noms de races de chiens. Je ne savais pas pourquoi, mais c'était comme ça. Je demandai même à Jeanie de m'en dire quand je n'en trouvai plus, mais c'étaient les mêmes que j'avais déjà : airedale, saint-bernard, épagneul, chien-loup...

— Il n'y en a pas que ça finit par « é » ?

— Fox-terré ?

— Non, dis-je avec dédain. C'est fox-terrier.

Ça me faisait drôle, comme si j'avais absolument besoin de dire quelque chose à quelqu'un, mais ne savais pas quoi, ni à qui. Puis la fin de la récré sonna et ce fut trop tard.

J'eus un terrible cauchemar, cette nuit-là. J'étais dans un bois et, par terre, il y avait tout un tas de vieux journaux auxquels il manquait la première page. Puis, quand je les soulevais pour regarder dessous, je voyais le bras de quelqu'un qui sortait de terre, tout raide, tout mort, avec un sucre d'orge au caramel dans la main. Cette trouille que j'aie eue ! Ça m'en a réveillé, et j'ai tiré les couvertures par-dessus ma tête.

Le lendemain, maman dut m'appeler trois fois tellement j'avais sommeil, et je piquai un sprint pour aller à l'école. Je m'assis à ma place, juste comme ça finissait de sonner, et cette vieille vache de Flagg me jeta un regard noir, mais elle pouvait rien dire, vu que j'étais pas en retard.

Quand j'eus repris mon souffle, je regardai autour de moi, mais la classe me parut comme changée. Je pouvais voir la tête et le dos d'Eddie Riley, à deux tables devant moi, sans personne entre nous. Alors je me rendis compte que la place de Jeanie était vide ; elle n'était pas encore arrivée. Or Jeanie arrivait toujours avant moi et elle n'avait encore jamais été en retard.

Flagg m'appela tout de suite au tableau et je ne pensai plus à rien, car j'avais assez à faire avec les racines carrées. Puis, à dix, Jeanie arriva avec une autre fille nommée Emma Dolan.

A la fin de la classe, cette vieille vache de Flagg dit :

— Jeanie, vous resterez en retenue pour avoir été en retard. Emma, je passe l'éponge pour cette fois, car je sais que votre mère est malade en ce moment et que vous avez beaucoup de travail à la maison.

C'était la première fois que Jeanie était en retenue et ça me fit de la peine pour elle.

A midi, elle sortit un sucre d'orge au caramel de sa boîte à provisions. Elle était drôlement en rogne :

— J'en aurais eu un million au moins, si j'étais pas tombée sur Emma ! On allait où il garde tous ses bonbons. On en aurait eu pour une minute et puis juste il a fallu qu'Emma arrive pour tout gâcher. Quand il l'a vue, il m'a quittée. Forcément, ça lui en aurait fait trop à donner. Et puis voilà que je suis en retenue et que je peux pas y aller non plus cet après-midi !

Je tenais à être particulièrement gentil avec Jeanie, car on avait une compo le lendemain et ses réponses me seraient bien utiles. Alors, quand ça sonna, à trois heures, je lui dis : « Je t'attendrai dehors, Jeanie ! »

Je me mis à jouer à la balle. Je la lançais en l'air et je courais en avant pour la rattraper. Ça m'éloigna un

116

peu de l'école et, soudain, je ratai mon coup. Je dus courir après la balle, qui avait roulé jusqu'aux pieds de quelqu'un qu'était debout sous une tente.

Je ramassai ma balle et, quand je me redressai, je vis un homme qui se tenait immobile devant moi. La tente lui faisait de l'ombre sur la figure, mais il avait de grands yeux brillants et des bras presque aussi longs que ceux des singes, au zoo. Il pliait et dépliait ses doigts, comme s'il jouait avec quelque chose dans sa main.

Il ne me regarda presque pas ; je suppose que les petits garçons, ça ne l'intéressait pas. Mais, moi, je vis son visage et ça me fit comme si je le connaissais déjà. C'étaient surtout ses yeux qu'il me semblait avoir déjà vus quelque part. Je me remis à jouer avec ma balle et il demeura là, sans bouger, remuant simplement ses doigts comme je vous ai dit.

Je lançai ma balle très haut et, comme je la suivais du regard, un nom sembla soudain me tomber du ciel bleu, en plein visage : *Millie Adams !*

Maintenant, je savais où j'avais déjà vu ces drôles d'yeux. Je savais qui avait partagé avec moi un sucre d'orge au citron et un autre à l'orange ! Il les lui avait donnés... et puis elle n'était jamais plus revenue à l'école. A présent, je savais ce que j'éprouvais le besoin de dire à Jeanie... fallait pas qu'elle aille avec ce type, autrement il lui arriverait quelque chose. J'ignorais quoi au juste, mais il lui arriverait sûrement quelque chose.

Ça me donna un tel coup que je m'arrêtai de jouer à la balle et revins en courant à l'école. J'entrai dans la cour — ce qui était défendu en dehors des heures de classe — et allai coller mon nez à une des fenêtres.

Jeanie était assise à sa place, en train de faire ses

devoirs, et Miss Flagg était sur son estrade, occupée à corriger des cahiers. Je me mis à tapoter tout doucement contre la vitre, pour que Jeanie tourne la tête et me regarde. Ça réussit, mais pendant que j'étais en train de lui faire des signes Flagg leva les yeux et nous vit. Aussitôt, elle me fit entrer.

— Eh bien, Thomas, dit-elle puisque vous ne semblez pas pouvoir vous arracher aux délices de la classe, asseyez-vous et faites vos devoirs ! Non, pas derrière Jeanie ! De l'autre côté de l'allée, je vous prie !

Puis, après deux minutes, juste pour se montrer encore plus rosse, elle dit :

— Vous pouvez partir maintenant, Jeanie. Et demain, tâchez d'arriver à l'heure.

Mais quand elle vit que je me préparais aussi à partir, Flagg glapit :

— Non, pas vous, jeune homme ! Restez où vous êtes !

Alors je ne pus me retenir plus longtemps et je criai :

— Non, Miss Flagg, la laissez pas partir ! Je vous en prie ! Faites-la rester ! Autrement, elle va aller chercher des bonbons et…

Elle se mit en colère et donna un grand coup de règle sur son bureau :

— Eh bien ! Qu'est-ce que ça signifie ? Pas un mot de plus, vous m'entendez ? Chaque fois que vous ouvrirez la bouche, vous resterez une demi-heure de plus en retenue !

Je vis Jeanie ranger ses livres et, quand elle se dirigea vers la porte, ce fut plus fort que moi :

— Jeanie ! N'y va pas ! Va pas là-bas ! Attends-moi dans la cour !

Cette fois, Miss Flagg descendit de son estrade et vint à moi, rouge comme une tomate :

— Vous voulez que j'envoie chercher le censeur ? aboya-t-elle. Si je vous entends encore une seule fois, je vous fais redescendre en sixième ! Je vous fais renvoyer pour insubordination ! Je vous fais...

Je ne l'avais jamais vue aussi en colère !

Jeanie aussi était furieuse :

— Hou, hou ! Cafard ! me chuchota-t-elle avant de refermer la porte.

Je la vis passer devant la fenêtre, puis ce fut tout.

Je fis de mon mieux pour essayer de mettre Miss Flagg au courant, mais elle ne voulut même pas me laisser parler. Je chialais à moitié et j'arrivais plus à m'expliquer : « Elle va aller chercher des sucres d'orge et elle ne reviendra plus ! Puis y aura plus de première page aux journaux et... »

Je sanglotais tellement que je ne pense pas qu'elle ait entendu la moitié de ce que je disais. Son visage était comme celui d'une statue, et elle était en train d'écrire une lettre à mon père.

— Comme Millie Adams... et ce sera *votre* faute, *votre* faute !

Flagg ne faisait pas partie de l'école quand c'était arrivé à Millie Adams, alors, elle ne pouvait pas comprendre. Et elle me collait une demi-heure de retenue en plus à chaque instant, si bien que je serais obligé de rester chaque jour de la semaine jusqu'à six heures, et je serais renvoyé pendant huit jours, et on ferait venir mon père, et je ne sais quoi encore ! C'était pas la peine d'insister, valait mieux que je me taise, et je restai là, à renifler, tandis que le soleil se couchait. Quand il fit presque noir, Miss Flagg alluma l'électricité, mais elle attendit six heures pour me laisser partir. Elle me donna une lettre pour remettre à mon père et, quand je sortis sans fermer la porte, elle m'obligea à revenir et à recommencer.

Lorsque je réussis enfin à partir, toutes les rues autour de l'école étaient sombres, avec juste un réverbère de loin en loin. Quand je passai devant la boutique, je vis que la tente avait été relevée pour la nuit et il n'y avait plus personne. Ça me fit une drôle de sensation dans le dos, comme quand on caresse le chat dans le mauvais sens.

Au lieu de rentrer directement chez nous, je passai d'abord par chez Jeanie, qui habitait tout à fait dans une autre direction. Je rôdai autour de la maison, en regardant par les fenêtres. C'était allumé partout ; je vis sa mère et sa petite sœur, mais pas Jeanie. Sa mère ne tenait pas en place, et c'est en venant à la fenêtre pour regarder au-dehors qu'elle me vit. Aussitôt, elle alla ouvrir la porte :

— Tommy, as-tu vu Jeanie ? Elle devrait être rentrée depuis longtemps. Je pense qu'elle a dû aller chez Emma. Si tu la rencontres, dis-lui de revenir vite, hein ? Il est plus de six heures et je n'aime pas qu'elle reste si tard dehors...

Je me sentais comme malade, j'avais peur et je n'osai pas lui raconter. Je reculai en disant :

— Oui, m'ame.

Puis je partis à fond de train.

Emma habitait au diable, et Jeanie n'était pas chez elle. Je m'en doutais bien, mais j'avais quand même voulu y aller voir. Emma, qui était à table, vint me dire, la bouche pleine, que jamais Jeanie ne passait chez elle le soir. Alors je me résignai à rentrer chez nous.

Manque de pot, papa était revenu de bonne heure

120

et il se mit à m'attraper. Je crois bien qu'ils avaient eu peur, mais je ne pus pas parler de Jeanie. A peine j'avais commencé à raconter que Miss Flagg m'avait mis en retenue, papa me flanqua une beigne et me dit d'aller dans ma chambre. Je voulus quand même lui expliquer, mais il aperçut la lettre que Miss Flagg m'avait donnée et, alors, ce fut le bouquet ! Il faisait tellement de boucan que je ne m'entendais même plus parler ! Il m'entraîna dans ma chambre et m'y enferma à clef.

Et voilà !

Je semblais être le seul à savoir quelque chose et personne voulait m'écouter, personne voulait me croire ! Même papa, il faisait comme les autres. Maintenant, il était probablement trop tard. Je m'assis au bord du lit, dans l'obscurité, et me pris la tête à deux mains.

J'entendis la sonnerie de notre téléphone, puis, après un moment, ma mère qui disait : « Oh ! Tom, non... ce n'est pas possible ! Pas *ça*, encore ! » Elle avait la voix toute tremblante et papa répondit : « Qu'est-ce que tu veux que ce soit ? Le chef dit qu'ils viennent de retrouver ses livres de classe dans une ruelle. J'étais sûr qu'il recommencerait si on ne lui mettait pas la main dessus... Je te l'avais dit l'autre fois... »

Il parlait de Jeanie, j'en étais sûr !

Je courus à la porte et je secouai le bouton en criant :

— P'pa, ouvre-moi une minute ! Je peux te dire comment qu'il est ! Je l'ai vu tantôt !

Mais la porte d'entrée claqua alors que je venais à peine de commencer. Ils étaient sortis tous les deux sans m'avoir entendu. Ma mère avait dû aller tenir compagnie à Mrs Myers et essayer de la réconforter, car, j'avais beau continuer de secouer la porte, personne ne répondait.

Ne sachant plus que faire, je me rassis sur mon lit en pensant : « Comment pourront-ils l'attraper, s'ils ne savent pas la tête qu'il a ? Moi, je le sais, mais ils ne me laissent pas parler ! Je suis le seul à savoir, et p'pa m'a enfermé ici ! »

Quand je pensais à Jeanie, j'avais froid dans le dos, même là, chez nous. Je me demandais ce qu'un homme pareil pourrait lui faire. Sûrement quelque chose de terrible, pour qu'ils aient appelé mon père d'urgence, comme ça, alors qu'il venait à peine de rentrer.

Je me levai et allai à la fenêtre. Les mains dans les poches, je regardai dehors. Mince, alors, ce qu'il faisait noir ! La rue était vide, comme morte, avec juste le réverbère du coin pour l'éclairer. Je pensai à Jeanie, qui était quelque part dans ce noir, Jeanie à qui il était en train d'arriver quelque chose de terrible, sans personne pour lui porter secours...

Je ressortis les mains de mes poches et, en même temps, je fis tomber une partie du fourniment que je trimbale toujours dedans. Des billes, des clous, des allumettes, un bout de craie, des...

En regardant le bout de craie, je me souvins de la manie de Jeanie...

J'ouvris la fenêtre de ma chambre qui donnait au-dessus du porche. Il ne me fallut pas longtemps pour me laisser glisser le long d'un des poteaux qui soutenaient celui-ci. Une grande personne aurait peut-être eu du mal, mais, moi, vous parlez !

Une fois en bas, je m'éloignai en courant par peur de voir revenir ma mère. Papa, je savais qu'on n'était

122

pas près de le revoir, quand on l'envoyait chercher comme ça. Après avoir dépassé la rue qui conduisait chez Jeanie, je me sentis plus tranquille.

Je suivais le même chemin que chaque matin, quand j'allais à l'école ; seulement, j'étais encore jamais allé à l'école la nuit. Mais je m'arrêtai avant l'école, là où il y avait la boutique avec la tente relevée. Maintenant, tout paraissait différent de pendant le jour... l'école était noire, le ciel noir, et il n'y avait pas les copains... j'étais tout seul.

Je me dis : « Elle avait acheté une nouvelle boîte de craies avant-hier, car je lui en ai vu un morceau tout neuf à la main, à la récré de ce matin... »

Mais de la façon dont elle s'en servait, les morceaux de craie ne faisaient pas longtemps. Et si c'était le dernier que j'avais vu ? S'il ne lui en restait plus après celui-là ?

Je partis de devant la boutique où il y avait la tente, en regardant les murs de près. Mais je n'y vis aucune trace de craie. Il est vrai que ça ne valait rien pour faire courir un bout de craie : tout le temps des vitrines et des portes. Je continuai le long du pâté de maisons, toujours sans rien voir. Puis je me dis : « Peut-être qu'elle marchait du côté de la chaussée... et elle pouvait pas faire des marques dans l'air ! »

J'allai jusqu'au coin et j'étais sur le point de faire demi-tour quand je vis la bouche d'eau en cas d'incendie au bord du trottoir. Sur la borne, il y avait un trait de craie rose. Jeanie... cet après-midi ! Car sa maison se trouvait de l'autre côté, et elle ne passait jamais par là pour rentrer chez elle.

Je me sentis tout ragaillardi et je me dis : « J'en étais sûr ! Je parie de pouvoir la suivre ! Je parie de la retrouver ! » Je me sentais tellement surexcité que j'en oubliai même le moment d'avoir peur. C'était comme lorsqu'on jouait aux gendarmes et aux voleurs !

Je continuai donc d'avancer sur le trottoir suivant. Là, encore, il y avait trop de vitrines, mais, sur une poubelle, qui avait dû être sortie trop tard et rester là toute la journée, je découvris un zigzag rose.

Je traversai encore une rue et je vis un mur de brique qui était vraiment épatant pour faire des traits à la craie. Jeanie ne l'aurait sûrement pas laissé passer. Alors je revins sur mes pas et traversai la chaussée. Et c'était bien ce qu'avait dû faire Jeanie, car je repérai un petit trait rose sur le côté d'un réverbère. Oh ! un petit trait de trois fois rien, car un réverbère, c'est vite dépassé et Jeanie n'avait dû le marquer que par acquit de conscience.

Le long du pâté de maisons suivant, je trouvai des marques de craie rose, et sur celui d'après également, puis, tout d'un coup, plus rien. Avait-elle usé tout son bout de craie ? Ou l'homme le lui avait-il fait jeter ? Non, jamais, pour rien au monde, Jeanie ne se serait séparée d'un bout de craie. Et le bonhomme ne pouvait pas la forcer à le jeter, car c'était dans Allen Avenue, un endroit où il y a toujours plein de monde dans la journée, même s'il n'y avait personne maintenant.

Je tournai donc à gauche et, par là, c'était drôlement moche. Ça ne ressemblait plus du tout à notre quartier. Rien que de ces grands machins où qu'il y a du gaz, de vieilles maisons toutes démolies, et des trucs comme ça. Mais alors, là, pour des marques à la craie, il y en avait ! Il y en avait même trop. Presque chaque mur en était couvert et, souvent, c'étaient de ces mots qu'on vous oblige à vous rincer la bouche au

124

savon quand vous les dites. Mais, par veine, c'était tout écrit à la craie blanche, car la craie de couleur, ça coûte trop cher. Enfin, je vis un endroit d'où partait un trait jaune, un trait qui continuait tout droit, sautant simplement les portes et les fenêtres. Je sus alors que j'avais retrouvé la piste de Jeanie. En arrivant au coin de la rue, elle devait être au bout de sa craie rose et avait continué avec un bâton jaune, voilà tout.

C'était si facile à suivre que je me mis à courir pour aller plus vite. J'aurais pas dû. Tout à coup, sans que je m'y attende, j'arrivai à une ruelle qui débouchait à ma droite et, là, il y avait tout plein d'hommes. Une auto était arrêtée avec ses phares allumés, comme pour éclairer du côté où ils étaient, mais, le pire, c'est que je vis mon père au beau milieu d'eux ! Je fis un de ces sauts en arrière, je vous dis que ça ! Heureusement, p'pa me tournait le dos et il ne m'avait pas aperçu. Je l'entendis qui disait : « ... par là. Allez, il n'y a qu'à fouiller les maisons l'une après l'autre. Plus vite on s'y mettra, mieux ça vaudra, les gars ! »

Un des hommes qui étaient avec lui tenait à la main un livre d'arithmétique comme celui dont nous nous servons à l'école et à l'intérieur duquel on nous a fait mettre notre nom.

Je me faufilai en vitesse par-derrière la voiture et atteignis l'autre trottoir. La ligne jaune continuait. Je mourais d'envie d'aller trouver mon père et de lui dire : « P'pa, si tu suivais cette ligne, tu retrouverais Jeanie, j'en suis sûr ! » mais je ne m'en sentis pas le courage. Je savais trop ce qui m'attendait si j'étais pris à courir les rues à pareille heure, surtout après que mon père m'eut enfermé dans ma chambre. Il me flanquerait probablement une correction devant tous les autres. Je préférai donc continuer à suivre la ligne tout seul, en m'éloignant vite de ce coin dangereux.

J'arrivais pas à comprendre pourquoi Jeanie avait jeté ses livres comme ça ; elle savait pourtant bien qu'ils appartenaient à l'école. Et, jusque-là, il ne lui était sûrement encore rien arrivé, puisqu'elle avait continué à tracer la ligne. Je ne voyais qu'une explication : l'homme avait dû lui porter ses livres, pour pas qu'elle se fatigue, puis il les avait jetés en douce, se disant que Jeanie n'en aurait plus besoin. Ou bien il lui avait peut-être dit qu'ils étaient presque arrivés et qu'elle pouvait laisser ses livres là, qu'ils les prendraient en revenant, que personne ne risquait de les voler.

Mais ils avaient continué à marcher loin, loin... Alors, sûrement que le type s'était débarrassé des livres de Jeanie sans qu'elle s'en aperçoive. Il commençait à y avoir de plus en plus de terrains vagues, plus bientôt il n'y eut même plus de maisons. J'étais arrivé au bout de la ville. Après, c'étaient les champs ; la route continuait, mais il n'y avait plus de trottoir.

Jamais je n'étais allé aussi loin, même en plein jour, et je ne savais que faire, car il n'y avait plus rien où Jeanie ait pu faire des marques. Cependant, comme le trait jaune allait jusqu'au bout de la dernière maison, je pensai qu'elle avait dû continuer tout droit. Je continuai donc aussi, mais j'étais pas très chaud, car, maintenant, il me fallait marcher dans la terre et les cailloux. Et je devais faire gaffe aux autos qui vous arrivaient dessus à toute vibure.

Bien loin en avant de moi j'apercevais vaguement des panneaux d'affichage. Il me fallut un bon moment pour y arriver. Mais, là, je fus récompensé, car, à ma hauteur, qui était aussi celle de Jeanie, le trait jaune courait le long des panneaux. Donc Jeanie tenait encore son bout de craie quand elle était passée là. Ça devait être rudement solitaire, même l'après-midi, mais maintenant, c'était effrayant. Juste la route grise et ces champs noirs, avec le vent qui sifflait dans les hautes herbes. La route était éclairée par des lampes en haut de poteaux télégraphiques, mais ils étaient loin les uns des autres, et quand on en dépassait un on se sentait encore moins rassuré qu'en y arrivant. Jeanie les avait marqués également ; ils devaient donc marcher sur le bord de la route, comme moi. Sans doute qu'il n'avait pas osé faire de l'auto-stop, à cause de Jeanie.

Je regardai derrière moi, mais la ville était maintenant si loin que je n'en distinguais plus les lumières. Je voyais juste un reflet clair dans le ciel au-dessus d'où elle était. Oh ! ce que j'avais envie de faire demi-tour et de revenir à la maison ! Mais je me disais : « Si j'étais à la place de la pauvre Jeanie et que le seul copain qui sache où je suis me laisse tomber... » Alors je continuais d'avancer.

Depuis un moment, je voyais quelque chose de plus noir que le reste dont je me rapprochais lentement. Je savais ce que ça devait être et j'aimais mieux pas y penser, car je n'avais déjà pas trop de courage. Ce mur noir qui s'élevait au bout des champs et qui devenait de plus en plus haut à mesure que j'avançais, c'était la forêt.

Je finis par y arriver et je me vis avec des arbres de chaque côté. Je me retournai une dernière fois vers la ville où j'avais laissé mon père avec les autres hommes, si loin derrière moi. Puis je respirai bien à fond, comme on nous faisait faire à la gym, et j'entrai dans la forêt. La route la traversait et, comme il y avait toujours les poteaux électriques, ça n'était quand même pas aussi terrible que je l'avais craint. Mais je prenais bien garde de regarder droit devant moi, pour pas voir des choses qui auraient pu m'effrayer. Maintenant, j'avais aussi peur de m'en retourner que de continuer. C'est pourquoi j'avançais toujours.

Sur le poteau suivant, il y avait une trace de craie mais, sur celui d'après, il n'y en avait plus. Ils avaient donc dû tourner quelque part entre les deux.

Je pensai : « Est-ce qu'il va falloir que je m'enfonce parmi ces arbres et tout ce qu'il y a dans le noir ? Avec le type qui me guette peut-être quelque part pour me sauter dessus ? » Vous parlez si j'avais la trouille et si je me sentais seul ! Entrer là-dedans, c'était comme mourir un peu. Si seulement j'avais eu Eddie Riley avec moi, ou n'importe qui... mais, tout seul, je ne me sentais vraiment pas fier.

Je serais probablement resté là toute la nuit, à hésiter, quand quelque chose me força à prendre une décision. J'entendis un ronflement à travers les arbres, et deux phares foncèrent vers moi. C'était une auto qui faisait au moins du cent à l'heure et je n'eus que le temps de sauter de côté pour ne pas être écrasé.

Les freins firent un boucan de tous les diables et la voiture s'arrêta un peu plus loin sur la route. Je me cachai derrière un arbre et j'entendis une dame qui disait : « Je te répète que ça n'était pas un animal ! J'ai distinctement vu son visage. Qu'est-ce qu'un enfant peut bien faire au milieu de la forêt à pareille heure ? Va voir si tu peux le trouver, Frank ! »

J'entendis une portière s'ouvrir et l'homme revint

vers moi en appelant : « Petit garçon ! Petit ! Viens, nous ne te ferons pas de mal ! »

J'avais rudement envie de courir le rejoindre et de lui dire : « M'sieur, vous voulez bien m'emmener avec vous ? » Mais je pensai à Jeanie. Alors je m'enfonçai un peu plus derrière les arbres et je me fis tout petit pour pas qu'il me trouve. Puis j'entendis l'auto qui repartait et j'aperçus son feu rouge entre les feuilles.

Cette fois, j'étais seul dans la forêt.

Quand on est au milieu d'eux, les arbres ne sont pas aussi serrés qu'on le croit de loin. C'était déjà assez terrible comme ça, mais, enfin, pas autant que la jungle ou ces trucs qu'on lit dans les livres. Il n'y avait pas cinq minutes que je m'étais enfoncé dans la forêt, quand il se produisit une drôle de chose. Le sommet des arbres devint tout rouge, comme s'il y avait le feu autour. Mais, quand ça se mit à tourner lentement au blanc, je compris que la lune, la pleine lune, venait de se lever. En un sens, ça ne valait pas mieux pour moi ; c'était même pire qu'avant. J'y voyais plus clair pour marcher, bien sûr, mais je voyais aussi des tas d'ombres et de choses que j'aurais préféré ignorer.

Je continuais d'avancer au hasard, sachant bien que je risquais de me perdre pour de bon, mais j'étais déjà si fatigué et effrayé que ça m'était égal. Quand il me semblait voir quelque chose bouger, je me mettais à courir... du côté opposé, bien sûr ! C'est à un moment comme ça, alors que je piquais un sprint à travers une sorte de clairière tout éclairée par la lune, que mon pied heurta quelque chose, et je m'étalai de tout mon long dans un bruit de ferraille qui me serra le cœur.

C'était la boîte en fer de Jeanie, sa boîte à provisions qu'elle avait portée jusque-là, pensant la remplir de bonbons. J'étais donc arrivé à l'endroit où elle avait pris peur, où elle avait cessé d'avancer de son plein gré. Jusque-là, le type avait dû lui parler pour occuper son attention, l'empêcher de remarquer comme ils s'enfonçaient dans la forêt. Mais, à cet endroit, Jeanie avait dû comprendre...

A côté de la boîte à provisions, il y avait d'autres choses. Je dus me baisser pour voir ce que c'était à la clarté de la lune. Deux bâtons de craie rouge, qui devaient être tout neufs, mais qu'on avait écrasés... Et puis le nœud noir que Jeanie portait sous son col marin. Il n'était pas défait, mais la soie s'était coupée de la partie qui était autour du cou, comme si le type l'avait rattrapée par là quand elle avait essayé de s'enfuir.

— Oh! Jeanie, fis-je tout tremblant. Est-ce qu'il t'a tuée?

En avant de moi, comme au-delà d'un tunnel noir, il y avait un autre espace découvert. Je courus de ce côté-là, car j'avais trop peur pour rester plus longtemps près de la boîte, du nœud...

Quand je débouchai dans cette autre clairière, je compris que c'était là. On n'entendait pas un bruit, rien, mais j'étais sûr que c'était là. On eût dit que... que ça m'attendait.

Cette clairière était beaucoup plus grande que l'autre et, juste au milieu, il y avait une vieille maison. Les fenêtres n'avaient plus de vitres et on voyait que la baraque n'était plus habitée depuis longtemps. Ç'avait peut-être été une petite ferme, et puis on l'avait abandonnée. Maintenant, les arbres se resserraient autour d'elle, les petits devant, les grands derrière. Et elle restait là, au clair de lune, semblant attendre et dire : « Viens, petit garçon, approche ! » pour se refermer aussitôt sur moi.

Je commençai par en faire le tour, en restant derrière les arbres. Je passais d'un tronc à l'autre, et j'avais tout le temps l'impression que les trous noirs des fenêtres me regardaient, attendant que je me rapproche. Finalement, je rassemblai mon courage et je me risquai dans la clairière, du côté où portait l'ombre de la maison, là où il n'y avait pas de clair de lune. Je me collai sous une des fenêtres et j'écoutai. Je ne pus rien entendre, mais c'était parce que mon cœur battait trop fort.

Tremblant de peur, j'appelai doucement : « Jeanie, es-tu là ? » mais rien ne se produisit.

Je n'osais pas aller vers la porte, car c'était le côté où la lune donnait en plein, et je me rendais compte aussi que le vieux porche, à moitié effondré, ferait un boucan de tous les diables sous mes pieds. Alors je me redressai et, saisissant le rebord de la fenêtre à deux mains, je me hissai lentement, sans racler les planches avec mes pieds, pour risquer un coup d'œil à l'intérieur. Mais c'était tout noir et je ne pus rien voir. Je me laissai redescendre et je pensai alors à un truc, pour savoir s'il y avait du danger ou non. Je ramassai une poignée de gravier que je lançai à l'intérieur. Je l'entendis faire un bruit de pluie sur le plancher, mais rien ne bougea. La maison paraissait simplement continuer d'attendre. Alors, rassemblant de nouveau tout mon courage, je me hissai jusqu'au rebord de la fenêtre et, cette fois, pénétrai à l'intérieur de la maison.

Je m'attendais presque à ce que des mains surgissent de l'obscurité pour me saisir, mais, comme rien ne se produisit, je me rassurai un peu. Je voyais le reflet du clair de lune sur le devant de la maison et ça me guidait. Je franchis une ouverture où une porte avait dû se trouver dans le temps et passai dans un vestibule qu'illuminait le clair de lune entrant par la porte ouverte. D'un côté, il y avait un escalier tout déglingué qui montait dans le noir.

Je posai ma main sur la rampe et j'attendis d'avoir un peu plus de courage pour commencer à monter. Quand je m'y décidai, je gravis une marche après l'autre, attendant un instant sur chacune. A un moment, il y en eut une qui claqua comme une bûche dans le feu et je m'immobilisai au moins cinq minutes. Mais il ne se produisit toujours rien. La maison semblait continuer d'attendre.

Quand j'arrivai enfin sur le palier, je vis une porte fermée à ma droite. Elle était simplement poussée, car elle n'avait plus de serrure. Je m'y appuyai des deux mains et je la poussai tout doucement. Pour me rassurer, je me disais que s'il y avait quelqu'un il m'aurait entendu depuis longtemps. Quand j'eus suffisamment poussé la porte, je risquai un œil de l'autre côté.

Cette pièce était sur la façade où donnait le clair de lune, mais les persiennes étaient fermées et la lumière n'entrait que par les fenêtres. « Jeanie, tu es là ? » Cette fois, j'entendis comme tousser et je collai une main sur ma bouche pour pas crier. J'étais tout en nage, comme l'été, mais j'avais froid comme si c'était l'hiver.

Avant que j'aie fini de passer ma tête dans l'entrebâillement, on toussa de nouveau. C'était plutôt comme un bébé qui se serait étouffé, et je dus me retenir à la porte pour ne pas me précipiter à fond de train vers l'escalier.

Je parvins à distinguer quelque chose de sombre par terre, comme des sacs qui auraient été jetés là en tas. Je dis « Jeanie ? » un peu plus fort que l'autre fois et j'avais à peine parlé que je vis les sacs se mettre à remuer. J'eus une telle frousse que j'enfonçai mes ongles dans le bois de la porte pour ne pas m'enfuir. Je n'osais pas imaginer ce qui allait sortir de là-dessous, des rats, des serpents ou...

Mais ce furent deux pieds qui en sortirent, deux petits pieds, deux pieds d'enfant attachés ensemble. Y en avait un noir, à cause de la chaussette, mais l'autre était blanc parce qu'il était nu.

En voyant ça, je n'eus plus peur, car je compris ce que c'était. J'allai vite retirer les sacs vides et sa blouse de marin, toute blanche, fit une tache claire dans l'obscurité. A tâtons, je cherchai le visage de Jeanie. Si elle ne pouvait que tousser, c'est parce qu'elle avait un chiffon attaché sur la bouche.

Je me risquai à frotter une de mes allumettes sur le plancher. La petite flamme me montra qu'il n'y avait personne d'autre dans la pièce. Les yeux de Jeanie brillaient, mais ses joues étaient toutes noires, tellement elle avait pleuré sous les sacs. Je regardai bien le nœud qui attachait le chiffon, avant que l'allumette s'éteigne.

J'ai toujours été de première pour défaire les nœuds. Ça ne me fut pas difficile. Autour des mains et des pieds, le type avait bien serré les cordes, mais mes doigts étaient plus petits que les siens et je pouvais les glisser où il ne pouvait pas. Malgré ça, il me sembla que je mettais des siècles à

133

libérer Jeanie, et j'avais toujours peur que le type me tombe sur le dos.

Enfin, je pus la soulever et l'aider à s'asseoir. Elle pleura encore un peu, par habitude, comme elle l'avait fait depuis des heures.

— Où est-il allé, Jeanie ? lui demandai-je aussitôt.

— Je... je sais pas.

— Y a longtemps qu'il est parti ?

— Quand la lune s'est levée, dit-elle en reniflant.

— Il est sorti de la maison ?

— Je... je crois que oui. J'ai en... entendu ses pas dehors.

— Peut-être qu'il est parti pour de bon ! chuchotai-je, plein d'espoir.

— Non, il a dit qu'il allait... creuser le trou. Puis qu'il reviendrait le faire.

— Faire quoi ?

— Me tu-tuer avec son couteau. Il m'a tiré un cheveu... là, sur le front, et il s'en est servi pour voir si... si le couteau coupait bien !

Elle se serra contre moi, mais j'étais pas plus rassuré qu'elle.

— Allons-nous-en vite ! Tu peux marcher ?

— J'ai des fourmis...

Une de ses jambes se déroba sous elle quand elle voulut se lever, et elle serait tombée si je ne l'avais pas retenue à temps.

— Cramponne-toi à moi, lui dis-je.

Nous arrivâmes comme ça sur le palier. En bas, le vestibule était tout éclairé par la lune et je me dis que ça serait merveilleux, si nous pouvions arriver jusque-là et sortir vite...

— Fais pas de bruit en descendant ! lui recommandai-je. Il est peut-être quelque part par là.

134

On descendit doucement l'escalier, en se collant contre le mur et moi passant le premier. Jeanie recommençait à pouvoir se servir de ses deux jambes et je me disais que nous allions bientôt être dehors, quand soudain ça se produisit, alors que nous n'avions même pas atteint le milieu de l'escalier. Je pense que nous n'aurions pas dû nous tenir tous les deux sur la même marche. En tout cas, ça fit un bruit comme un coup de fusil, la marche se cassa et mon pied disparut dans le trou. Quand je voulus ressortir, il resta pris en dessous.

Je me démenai comme un diable, et Jeanie fit de son mieux avec ses mains pour m'aider, mais on aurait dit que j'étais dans un piège. Je ne pouvais même pas atteindre mon soulier pour le déplacer, autrement j'aurais essayé de sortir mon pied en laissant la chaussure.

Y avait rien à faire. Et puis j'en pouvais plus d'avoir tant cavalé. Je dus m'asseoir sur la marche du dessus.

— Jeanie, va-t'en, toi ! la suppliai-je. Sauve-toi tant que tu le peux. T'as qu'à marcher toujours tout droit, avec la lune derrière toi, et t'arriveras sur la route...

Elle s'accrocha à moi et ne voulut rien savoir :

— Non, non ! Je m'en vais pas sans toi ! Ça... ça serait pas bien, Tommy...

Alors on resta un moment assis sans plus rien dire... écoutant... écoutant. De temps en temps, on essayait de se remonter en disant des choses qu'on savait bien ne pas être vraies.

— Peut-être qu'il ne reviendra pas avant le jour et que quelqu'un d'autre nous trouvera avant lui...

Mais qui pourrait venir dans une vieille bicoque

comme ça, au milieu de la forêt ? Il était sans doute le seul à la connaître.

— Peut-être qu'il ne reviendra plus du tout.

Mais nous savions bien tous les deux qu'il ne s'était pas donné pour rien le mal de l'emmener jusque-là.

— Pourquoi qu'il m'en veut, dis ? Je lui ai jamais rien fait.

Je me rappelai ce que mon père avait dit quand c'était arrivé à Millie Adams.

— C'est un fou échappé ou quelque chose comme ça.

— Et qu'est-ce que ça vous fait, un fou échappé ?

J'en savais trop rien. Tout ce que je savais, c'est qu'on vous retrouverait dans les bois, longtemps après, sous de vieux journaux. Mais je ne pouvais pas le lui dire, parce que Jeanie, c'était jamais qu'une fille.

— Je... je crois qu'il vous tire les cheveux, des trucs comme ça.

— Oui, il l'a déjà fait ! dit-elle en frissonnant. Il buvait ce qu'il y avait dans une bouteille, puis il chantait fort... Il me piquait avec le bout de son couteau... et puis il a coupé une de mes boucles et il l'a enroulée autour de son doigt...

Au-dehors, il y eut un bruit, comme quand on marche sur des petits cailloux et on se serra si fort l'un contre l'autre, Jeanie et moi, qu'on faisait plus qu'un au lieu de deux.

— Vite, Jeanie, sauve-toi ! suppliai-je.

Elle avait si peur qu'elle ne pouvait même plus parler, rien que secouer la tête.

Le bruit ne se renouvela pas.

— C'était peut-être quelque chose qui était tombé d'un arbre.

136

— Peut-être qu'il ne va plus rentrer, peut-être qu'il restera dehors…

On vit l'ombre tous les deux en même temps et on se serra encore plus. Elle était sur le plancher du vestibule, au milieu du clair de lune, comme si quelqu'un se tenait juste devant la porte, écoutant. Elle était parfaitement immobile… une grosse tête noire et des épaules.

On s'étendit sur les marches, en se planquant le plus possible contre le mur, là où c'était le plus sombre. Mais mon pied ne me laissait pas bouger comme j'aurais voulu, et la blouse de Jeanie était si blanche…

Puis l'ombre bougea, se rapprocha, s'étendant sur le clair de lune comme de l'encre sur un buvard. Elle devint grande, grande, et une paire de longues jambes lui poussa, comme si c'était un homme sur des échasses. Et maintenant il était au-dessous de nous, dans le vestibule. Ça n'était plus seulement son ombre, c'était lui.

Je dis dans l'oreille de Jeanie :

— Cache ton visage contre moi, le regarde pas… peut-être qu'il ne nous verra pas.

Elle se tourna dans l'autre sens, pour faire comme je lui avais dit, et je continuai à regarder à travers ses cheveux.

L'escalier trembla un peu quand il mit son pied sur la première marche ; il montait sans faire de bruit, comme un chat. Mais il respirait fort. Il ne nous avait pas encore vus, je suppose, parce qu'il venait du clair de lune. A mesure qu'il montait, il me cachait tout le reste. Je ne voyais plus que lui, tout noir devant nous. Jeanie essaya de tourner la tête pour regarder, mais j'appuyai ma main sur sa nuque, pour qu'elle ne remue pas.

Brusquement, il s'arrêta, faisant craquer tout l'escalier, et ne bougea plus. Je pense qu'il avait dû voir la blouse blanche. Un frottement, puis une lueur jaune, celle d'une allumette. Ça n'éclairait pas beaucoup, mais c'était suffisant pour qu'il nous voie.

Je ne m'étais pas trompé. C'était bien l'homme qui attendait sous la tente, mais à quoi ça m'avançait maintenant ? Ces longs bras, ces yeux qui brillaient... Ah ! non, alors, il était pas beau ! Et il se mit à sourire, comme s'il était content :

— Oh ! un petit garçon est arrivé aussi pendant que je n'étais pas là...

Il gravit une marche de plus :

— Et vous êtes venus tous les deux jusque-là, mais vous n'avez pas pu aller plus loin... hi, hi, hi !

Encore une marche :

— J'aime pas beaucoup les petits garçons, mais puisque tu as fait tout ce chemin pour venir, je vais être obligé d'agrandir un peu le trou...

J'avais replié ma jambe libre sous moi, pour être le plus loin possible de lui, aussi longtemps que je le pourrais. Jeanie était comme une petite boule contre moi, tournée vers le mur.

— Allez-vous-en ! lui dis-je d'une voix tremblante. Allez-vous-en ! Laissez-nous tranquilles !

Il monta encore une marche et se pencha au-dessus de nous, presque plié en deux. J'avais beau aller sur mes douze ans, je ne pus pas me retenir davantage :

— Papa ! hurlai-je. Oh ! Papa, vite !

— Oui, c'est ça, appelle ton papa, dit-il d'une voix qui était comme de la soie, en tendant son long bras vers la blouse de Jeanie. Appelle ton papa. Il te trouvera coupé en petits morceaux. Je lui enverrai peut-être ton oreille par la poste.

Je ne savais plus où j'en étais tellement j'avais peur. De ma jambe libre, je lui donnai un coup de pied, parce que c'était la seule chose que je pouvais encore faire. Mon pied lui arriva en plein dans l'estomac quand il ne s'y attendait pas. Il fit un drôle de bruit : *Ooof!* et l'allumette s'éteignit. Il y eut un claquement terrible, bien plus fort que lorsque je m'étais pris le pied. On eût dit un gros pétard ou un coup de canon. Le type dégringola jusqu'au bas de l'escalier et ça fit tout un nuage de poussière.

Quand je pus voir à nouveau le clair de lune, y avait un grand trou noir au milieu de l'escalier, mais un trou par-dessus lequel on pouvait quand même sauter. La rampe était tombée et tout l'escalier penchait de côté, comme s'il voulait s'arracher du mur. Mais le mieux de tout, c'est que mon pied était libre !

L'homme était tombé au bas de l'escalier, mais il n'avait pas l'air de s'être fait bien mal. Il se releva en poussant un grognement, et je le vis fouiller sous sa veste. Quand sa main ressortit, elle tenait quelque chose qui brillait au clair de lune.

— Jeanie, vite, mon pied est libre !

Elle comprit tout de suite et on remonta rapidement, à quatre pattes, jusque dans la chambre où elle avait été attachée. Je poussai la porte. Cette fois, il faudrait qu'il fasse drôlement attention en montant, car l'escalier ne tenait plus guère au mur. Il serait obligé d'aller très doucement et ça ne nous donnait le temps de chercher des choses pour bloquer la porte. Mais y avait pour ainsi dire rien. Juste deux vieilles caisses d'emballage, qui ne pesaient pas lourd.

On pouvait pas s'enfuir par la fenêtre, car Jeanie n'aurait jamais pu y arriver. C'était trop haut pour qu'elle saute. Moi-même, je me serais probablement cassé un bras ou une jambe. Et puis il n'aurait eu qu'à sortir par la porte pour nous rattraper, avant qu'on ait pu courir se cacher.

On poussa les deux caisses contre la porte, l'une sur l'autre, comme elles étaient. Puis je me collai derrière pour les retenir, et Jeanie se serra contre moi pour m'aider. On l'entendait qui montait doucement, en grognant et disant des gros mots. On entendait même sa veste qui frottait contre le mur. Puis il éclata de rire, comme le diable, et on comprit qu'il devait être déjà sur le palier. Après, il donna un grand coup contre la porte. Les caisses me repoussèrent un peu et moi, je repoussai Jeanie, mais on recula de nouveau.

Alors il donna encore un grand coup. Cette fois, on eut beau pousser, Jeanie et moi, on n'arriva pas à refermer complètement la porte. Et je l'entendais qui soufflait dans l'ouverture, comme les chiens qui ont trop couru.

— Je fais ma prière ? me demanda Jeanie.

— Oui, oui, c'est ça ! répondis-je en retenant mon souffle pour mieux résister.

Elle se mit à réciter, très vite :

— Si je devais mourir avant de m'éveiller, je prie le Seigneur...

Le type donna un autre coup dans la porte, et elle s'ouvrit encore davantage. Je ne pouvais plus la repousser. Il passa son long bras dans l'ouverture, cherchant à m'atteindre :

— Prie plus fort ! criai-je. Oh ! Jeanie, prie plus fort... j'peux plus tenir !

Sa voix se mit à hurler :

— SI JE DEVAIS MOURIR AVANT DE M'ÉVEILLER...

Au quatrième coup, ce fut la fin. Jeanie et moi, on tomba par terre, avec les caisses sur nous, et la porte nous repoussa contre le mur. Ça nous fit gagner quelques instants, car il se précipita au milieu de la pièce sans nous voir. Puis il se retourna. Alors, d'un coup de pied, j'envoyai une caisse dans ses jambes, puis on se dégagea, moi d'un côté, Jeanie de l'autre. Moi, je réussis à me faufiler sur le palier, mais je dus revenir, car il barrait le passage à Jeanie en brandissant son couteau. Elle courait d'un coin à un autre, devant les fenêtres, cherchant à lui passer sous les bras, mais il sautait devant elle en essayant de lui donner des coups avec son couteau.

Jeanie et moi, on criait comme des gorets ; lui aussi, il criait. Avant, c'était si calme que, maintenant, on aurait dit un abattoir ! Je saisis une des caisses et je la lançai vers lui, de toutes mes forces. Il la reçut derrière la tête et il trébucha, mais la caisse était vide, alors ça ne pouvait pas le tuer. Il se retourna en disant : « Je t'aurai tout à l'heure, toi ! » et un de ses grands bras fit *whish !* comme pour chasser un moustique.

Sa main me frappa en plein fouet ; ça me fit comme si une étoile brillante m'avait cogné, et je fus rejeté contre le mur. Je glissai par terre et la dernière chose que je vis, c'est le sac qu'il ramassait pour jeter sur la tête de Jeanie. Puis mon étoile parut rentrer par la porte pour revenir me frapper, mais elle se divisa en deux ou trois autres et des hommes arrivèrent en courant, avec des torches électriques comme celle de mon père. Y en avait un, on aurait même dit que c'était papa, mais je savais bien que ça ne se pouvait pas. C'était le coup que j'avais reçu sur la tête qui me faisait penser ça. Je fermai les yeux et je crois bien que je me suis comme endormi pendant quelques minutes, en regrettant d'avoir pas pu sauver Jeanie.

Quand je rouvris les yeux, je flottais entre le plafond et le plancher. Et je vis Jeanie qui semblait faire comme moi. On était tous les deux dans les airs. Alors je me dis qu'on était peut-être morts et qu'on était devenus des anges, puis je compris que c'était simplement un homme qui la tenait dans ses bras et moi aussi.

— Doucement, hein, en descendant l'escalier ! dit celui qui me portait.

C'était pas mon père, ni l'autre non plus, mais, p'pa, je le voyais dans la chambre, qui remuait son bras du haut en bas, du haut en bas, de toutes ses forces. Il avait quelque chose de noir dans sa main et deux autres hommes essayaient de lui retenir le bras. Je l'entendis qui disait :

— Dommage que je ne sois pas arrivé là un peu avant ! Va falloir que je le ramène vivant, maintenant qu'il y a des témoins..., mais le diable m'emporte si je le ramène pas évanoui !

On nous conduisit tout de suite chez le docteur, Jeanie et moi. Il dit qu'on n'avait pas de mal, mais qu'on ferait peut-être des mauvais rêves pendant quelque temps. Je me demande encore comment il avait pu savoir à l'avance les rêves qu'on ferait.

Quand on rentra à la maison, je demandai à mon père :

— P'pa, est-ce que je me suis bien conduit ? Comme un vrai policier ?

— Et comment ! dit-il. Tiens, en voilà la preuve !

142

Il retira son insigne et l'accrocha à mon pyjama.

Oh! j'allais oublier : Jeanie, elle n'aime plus du tout les sucres d'orge!

Titre original : IF I SHOULD DIE BEFORE I WAKE
(traduit par M.-B. Endrèbe)

MILK-BAR

Le jeune et avenant John Spanish, ayant boutonné jusqu'au menton sa veste blanche fraîchement lavée et repassée, se regarda dans la glace pour ajuster crânement au-dessus de l'œil gauche le calot empesé qui complétait son uniforme. Il considéra le résultat avec satisfaction et eut indéfiniment prolongé le plaisir que lui procurait cette contemplation, si un de ses collègues ne l'avait interpellé d'un ton gouailleur :

— Mais oui, mon mignon, elles vont toutes tomber amoureuses de toi, t'en fais pas !

Mr Spanish se détourna vivement du miroir et, jetant un regard acéré au fâcheux qui se trouvait à l'autre bout du comptoir :

— Parle pas tant, ça fait du vent ! lui lança-t-il avant de se mettre à empiler des oranges, en une pyramide bien symétrique, sur le marbre noir de la desserte.

John Spanish estimait que, lorsqu'on a dix-huit ans et demi (oh ! bon, si vous voulez être pointilleux : dix-huit ans dans dix mois !), un physique comme le sien, et une clientèle qui, entre trois et quatre heures de l'après-midi, se compose principalement de filles du lycée voisin, il est normal, voire louable, d'avoir souci de son apparence.

Un clocher proche sonna l'heure. Johnny compta les trois coups, donna un dernier frottis d'éponge au comptoir immaculé, et se prépara pour la grande invasion.

Elle se produisit presque instantanément.

En l'espace d'un éclair, la boutique s'emplit de jeunes filles dont le babillage ne cessa de croître en volubilité.

Johnny eut la satisfaction de constater que tous les tabourets de son comptoir étaient occupés, tandis que les dernières arrivées attendaient à l'arrière-plan le moment d'y prendre place à leur tour. Voilà qui confirmait l'excellence de son service et l'attrait exercé par lui sur la clientèle.

— Johnny ! J'étais la première !

— Pas vrai ! N'est-ce pas, Johnny, que c'était moi ?

— Johnny, il y a une demi-heure que j'attends !

— Hello ! qu'est-ce que vous avez de bon, aujourd'hui ?

— ... et beaucoup d'amandes pilées sur le dessus, hein ?

Johnny exécutait les commandes avec dextérité, trouvant en outre le temps d'émettre ces commentaires si personnels qui faisaient son succès.

— Et voilà ! Vous aviez cru que je vous oubliais, hein ? Vous savez pourtant bien que je ne *peux pas* vous oublier !

— Un verre d'eau ? Oui, ma charmante. N'importe quoi pour vous être agréable !

148

Puis, très sérieux, on l'entendait lancer dans l'interphone.

— Envoyez du sirop de chocolat. Vite !

Et toutes ces demoiselles transformaient le comptoir en une volière effervescente.

Le « coup de feu » était passé quand Johnny remarqua la nouvelle, l'étrangère, l'inconnue.

Elle venait juste d'arriver et s'était installée tout au bout du comptoir, à l'écart des autres. Dès le premier coup d'œil, Johnny eut conscience qu'il y avait en elle quelque chose de différent. Ce n'était pas son âge, car elle ne paraissait guère plus vieille que la plupart des autres. Mais les autres, Johnny les connaissait toutes, et il était certain que celle-là n'était encore jamais venue au milk-bar. Détail supplémentaire : elle n'avait pas de livres avec elle. Mais ce qui la singularisait surtout, c'était l'air distant qu'elle affectait et le fait que, à l'opposé des autres, elle n'accordât pas la moindre attention à Johnny.

Il convenait de remédier à cela sans plus tarder.

Johnny arriva devant l'inconnue avec une rapidité et une légèreté évoquant celles d'un patineur sur glace.

— Et pour mademoiselle, ce sera... ? s'enquit-il en posant ses deux mains à plat sur le comptoir et inclinant la tête vers la cliente dans une attitude de déférente efficience.

— Caramel et fraise, répondit-elle avec détachement, sans même le regarder.

En faisant volte-face pour exécuter sa commande, il l'étudia subrepticement dans la glace. Elle possédait vraiment au plus haut point l'art de paraître indifférente à tout. Pas un seul regard aux autres

149

filles, ni à lui non plus. C'était surtout ce dernier point qui surprenait Johnny. Jamais encore une femme n'était venue s'installer à son comptoir sans lui accorder quelque attention.

Il trouva un prétexte pour lui tendre à nouveau la perche :

— Crème fouettée ? s'enquit-il en se retournant vers elle avec un éblouissant sourire.

— Oui, plus c'est bon, plus j'aime ça, répondit-elle avec toujours le même détachement. Elle regardait le miroir, mais vaguement et plus haut que la tête de Johnny.

« Décidément, c'est une coriace ! », estima le jeune homme. Mais il finirait bien par l'avoir quand même. Il déposa la coupe devant elle, d'un geste tout à la fois large et précis.

— Voilà ! Très doux... presque aussi doux que vous.

— Gardez le boniment pour vos petites amies, rétorqua-t-elle, nullement impressionnée, tout en commençant la dégustation.

Johnny, lui ayant fourni une serviette en papier, un verre d'eau glacée, et un ticket vert pâle avec un petit trou dedans, quitta le lieu de son fiasco pour s'en retourner à l'autre extrémité du comptoir, là où il y avait des connaisseuses sachant l'apprécier.

Cela faisait des mois qu'il n'avait rencontré une fille aussi distante. Heureusement car, si cela s'était produit trop fréquemment, le prestige de Johnny en eût sérieusement pâti. Tout comme le succès appelle le succès, il en va souvent de même pour l'échec.

Un moment plus tard, elle le héla impérieusement :

— Jack ! [1] Un autre verre d'eau, je vous prie !

Il se hâta de lui donner satisfaction. Elle l'avait appelé par son prénom ! Enfin, par le diminutif de son prénom...

— Service rapide ! annonça-t-il en déposant le verre devant elle. Puis, il ajouta cordialement :

— Comment avez-vous su que c'était mon prénom ?

Elle le regarda avec surprise, but une gorgée d'eau, puis entreprit impitoyablement de lui ôter ses illusions :

— J'appelle tout le monde Jack. Ça n'avait rien de personnel.

Il masqua son désappointement en traçant, du bout de l'index, des signes cabalistiques sur le comptoir :

— De toute façon, mon prénom exact est John, l'informa-t-il.

— Je ne suis pas venue ici pour savoir quel était votre prénom, lui rétorqua-t-elle sèchement. Je m'en moque éperdument.

Elle ouvrit son sac et plongea la main à l'intérieur.

Elle était sur le point de s'en aller et Johnny se sentait morose. Battu à son propre jeu, il regrettait amèrement d'avoir accordé quelque attention à cette fille.

A cet instant précis, un homme fit son entrée. Il était âgé, très âgé aux yeux de Johnny. Trente-cinq ans au moins, si ça n'était pas quarante.

Cet ancêtre balaya d'un regard méprisant toute la

---

1. *Jack* est le diminutif de *John* et équivaut à *Jeannot*. Mais c'est aussi un synonyme argotique de « type, individu » et qui, en l'occurrence, pourrait à peu près correspondre à notre « Garçon ! » (N. du T.).

longueur du comptoir, montrant clairement par là qu'il n'était pas entré pour déguster une glace ou quelque douceur du même genre. Il se dirigeait apparemment vers les cabines téléphoniques situées au fond de la boutique, quand la vue de la jeune fille qui avait causé le tourment de Johnny, le fit s'arrêter net.

— Encore ! s'exclama-t-il d'un air dégoûté, faisant éclater le mot autour du cigare qu'il serrait entre ses dents. Je ne peux pas te laisser cinq minutes seule, sans que tu entres dans une de ces boîtes pour t'empiffrer ! C'est à se demander comment tu n'es pas malade !

Chose étonnante, elle se montra très docile, pas du tout comme avec Johnny :

— Oh ! mon chou, dit-elle en se levant et glissant son bras sous celui de l'homme, que veux-tu que je fasse d'autre dans une ville pareille ? Et ça n'est pas ma faute si je suis née avec le bec sucré !

Et elle s'en fut en trottinant, sans même accorder un dernier regard à Johnny qui, pour la première fois de sa vie, connaissait les affres de la jalousie.

Tristement, avec toute l'amertume du premier amour déçu — car il ne s'agissait plus maintenant d'une simple tentative de flirt, mais d'un premier amour —, il débarrassa le comptoir de la coupe vide où elle avait mangé et de la serviette froissée que ses lèvres avaient touchée. Il fit alors une découverte. Le ticket vert était toujours là. Elle était partie en oubliant de payer.

Johnny lui trouva aussitôt une excuse. N'importe qui, voyant surgir près de soi un pareil gorille, était susceptible d'oublier à peu près n'importe quoi. Aussi, en souvenir de son amour défunt, Johnny eut un geste touchant : sortant de sa poche un quart de dollar, il prit le ticket vert et porta le tout à la caissière qui trônait, en face du comptoir, dans sa cage de verre.

La caissière lui jeta un regard pénétrant et s'enquit :

— Mais il me semble bien t'avoir vu prendre cette pièce dans ta poche... Pourquoi donc ?

— Ça me fait plaisir de payer cette note, répondit-il d'un air énigmatique.

*
**

Le lendemain, à la même heure de la grande invasion, reparut l'inconnue aux airs distants. De nouveau, elle s'assit à l'extrémité du comptoir et, de nouveau, Johnny s'empressa pour la servir en priorité :

— Je vais goûter vos amandes grillées, déclara-t-elle nonchalamment.

Il lui en apporta une grosse portion et attendit la suite de la commande.

— Un chocolat, dit-elle en le gratifiant d'un sourire.

C'était la première fois qu'elle souriait depuis qu'il la connaissait. Aussitôt, le visage de Johnny s'illumina en réponse, ce qui eut pour effet immédiat d'effacer l'autre sourire.

— Pensez-vous que nous allons avoir de la pluie ? se risqua-t-il à demander pour n'en point rester là, une fois le chocolat servi.

Elle jeta un bref regard en direction de la vitrine et de la rue.

— Je le voudrais bien ! répondit-elle à la grande surprise de Johnny car, d'ordinaire, les gens n'aiment pas la pluie. Je dois aller faire une virée en auto et j'aimerais autant en être dispensée.

— Dans ce cas, pourquoi ne pas simplement refuser, en disant que vous ne pouvez pas y aller ?

— Vous plaisantez ? risposta-t-elle assez curieusement.

De lui-même, il remplit à nouveau d'eau le verre dont il essuya tendrement l'extérieur, afin d'avoir un prétexte pour s'attarder encore un peu auprès d'elle :

— Vous n'avez qu'à raconter que vous avez des devoirs et qu'il vous faut rester à la maison pour les terminer ?

Il crut qu'elle avait fait tomber quelque chose, tant elle se pencha brusquement en avant, mais c'était simplement le rire qui la pliait en deux :

— Rester à la maison pour terminer des devoirs ? balbutia-t-elle. Oh ! non, elle est trop bonne, celle-là ! Vous êtes impayable !

Sa main esquissa un geste implorant, comme si elle n'en pouvait plus de rire et Johnny pensa que, de toute évidence, elle ne devait pas prendre ses études au sérieux.

— Et pourtant, en un sens, dit-elle quand elle parvint enfin à reprendre son souffle, il s'agit bien un peu de *mes* devoirs !

De nouveau, elle fut prise d'un fou rire, comme sous l'effet d'une bonne plaisanterie.

Johnny n'arrivait pas à comprendre ce qu'il y avait de si drôle. Toutes les filles de son âge avaient des devoirs et, si elles ne les faisaient pas, on leur donnait de mauvaises notes.

A ce moment-là, juste comme ils commençaient à si bien s'entendre ensemble, survint l'homme de la veille au grand complet, avec cigare, chemise rose, et même, à l'auriculaire, un diamant qui, s'il n'était pas vrai, constituait une excellente imitation. C'était à s'y tromper.

— J'étais sûr de te trouver là ! lança-t-il d'un ton morose, en guise de salut. C'est plus fort que toi ou quoi ? Quand tu auras trente ans, tu seras comme un ballon !

— Eh bien, je n'ai pas encore trente ans, rétorqua-t-elle d'un air las. Alors, laisse-moi m'offrir un peu de plaisir, veux-tu ?

Sans répondre, il s'assit sur le tabouret voisin du sien.

— Tout est paré ?

C'était la jeune fille qui venait de poser cette question, du coin de la bouche et un changement semblait s'être opéré en elle, la faisant soudain paraître plus âgée.

L'homme acquiesça en hochant la tête et ses yeux se plissèrent de satisfaction :

— Tout est paré. C'est pour vers huit heures, comme je l'ai dit. Nous passerons prendre Mickey... où tu sais.

— Je ne vois vraiment pas pourquoi il faut que j'y sois, dit-elle d'un air boudeur. Ne peux-tu venir me chercher quand ce sera fini et...

Son compagnon se fit alors pesamment sarcastique :

— Mais oui ! Pourquoi pas ? Comment veux-tu que nous venions te chercher : en retraite aux flambeaux ou avec la fanfare ? C'est à se demander où tu vas pêcher ces idées qui...

Il s'interrompit net et regarda froidement Johnny qui, depuis quelques instants, avait cessé de frotter le robinet de nickel qu'il feignait d'astiquer.

— Dites, mon garçon, faut pas qu'on vous retienne ? C'est à quel parfum, la glace la plus éloignée d'ici ?

— Framboise, répondit Johnny avec un geste en direction de l'autre extrémité du comptoir.

— Alors, servez-moi un ice-cream soda à la framboise, ordonna le déplaisant individu, mais surtout prenez votre temps et ne vous pressez pas de revenir ici !

Johnny s'éloigna d'eux à regret, en donnant un coup d'éponge sur le comptoir.

Soulevant le couvercle de la glace à la framboise, il en mit deux boules dans un grand verre et les arrosa d'un jet d'eau de Seltz, ce qui donna un liquide d'un rouge malsain.

Ah ! la pauvre petite innocente ! pensait Johnny tout en se livrant à cette opération. Pas étonnant qu'elle n'ait aucune envie d'aller faire cette balade ! Quand ils emmènent en voiture des filles comme elle, les hommes comme lui n'ont qu'une idée en tête ! Si sa famille savait qu'elle a de pareilles fréquentations, on l'empêcherait sûrement de sortir !

Il l'imagina à des kilomètres de là, en rase campagne, loin de tout, seule avec ce type et le dénommé Mickey, quittant en hâte cette voiture dont le souvenir lui serait à jamais odieux, et obligée de refaire le chemin à pied pour rentrer en ville...

Non ! Tant qu'il y aurait un cœur battant sous sa blanche veste, Johnny ferait tout son possible pour empêcher pareille abomination !

Sous le comptoir, à côté du flacon d'alcali et du bicarbonate de soude, il saisit une bouteille à l'aspect peu engageant sur l'étiquette de laquelle on pouvait lire : *Huile de ricin*. Tournant le dos à l'extrémité du comptoir où se trouvaient la jeune fille et son compagnon, il déboucha la bouteille en question avec ses dents et versa une bonne dose de son contenu dans l'ice-cream soda. Il y ajouta quelques gouttes de peppermint et mit une paille dans ce mélange dont Lucrèce Borgia eût certainement demandé la recette.

Il décora même l'ensemble avec des feuilles de menthe. Quand sa préparation fut aussi attractive à l'œil qu'elle serait nocive pour l'organisme, il se dirigea vers sa victime et, avec le sentiment de vivre un moment crucial, déposa le verre sur le comptoir :

— Voici, monsieur, annonça-t-il avec son brio professionnel en n'oubliant pas le ticket vert où s'inscrivait une dépense de vingt-cinq *cents*.

Ce fut une bonne chose qu'il n'ait pas omis de parachever ainsi son œuvre, car l'homme au cigare repoussa le verre de côté, en grommelant avec agacement :

— Vous n'avez tout de même pas pensé que j'allais boire ça, si ? Remportez-le !

Johnny eut un coup d'œil expressif en direction du ticket :

— Je ne peux pas le remporter, Monsieur. Ç'a été mélangé et tout... Maintenant, vous êtes obligé de le payer.

La blonde enfant passa une langue gourmande sur sa lèvre supérieure :

— Mmm ! Ça paraît délicieux ! fit-elle avec convoitise. Si tu n'en veux pas, je m'en vais le boire puisqu'il te faut le payer.

En entendant cela, Johnny sentit son cœur se serrer. Mais, heureusement, il se révéla à la hauteur des circonstances :

— Une seconde ! fit-il en s'éloignant d'un bond.

Jamais, même lorsque le gérant était présent et l'observait, Johnny n'avait exécuté une commande avec autant de rapidité. Les deux boules de glace à la framboise faillirent rebondir hors du verre, mais le jet du siphon ne leur en laissa pas le temps et Johnny fut de retour auprès de la jeune fille juste comme celle-ci allait porter à ses lèvres le chalumeau de l'autre verre.

— Voici le vôtre, Mademoiselle... Je l'ai fait beaucoup plus doux.

Il n'en fallut pas davantage pour que la jolie blonde accordât toute son attention au nouvel arrivage, en délaissant instantanément l'autre verre.

Un moment plus tard, Johnny eut l'immense satisfaction de voir que l'homme, n'ayant rien d'autre à faire, portait le verre à ses lèvres et, virilement, le buvait d'un trait sans reprendre sa respiration.

Quand il le reposa, vide, son visage exprimait tout autre chose que la satisfaction.

— Alors, l'encouragea sa compagne, ça n'est pas si mauvais, hein ? Le mien est délicieux.

— Le tien, peut-être, répliqua-t-il non sans quelque raison, mais le mien était infect.

Elle lui prit le bras et ils s'en furent.

La douce enfant ! pensa Johnny en la suivant tendrement du regard. Je l'ai probablement sauvée d'un Sort Pire que la Mort.

A neuf heures, ce soir-là, la douce enfant qui avait été sauvée d'un Sort Pire que la Mort, fit son entrée avec une valise qu'elle posa sur le carrelage d'un geste rageur :

— Dites-donc, espèce de polichinelle !

Elle interpellait Johnny comme elle lui eût jeté un flacon de vitriol au visage.

— Qu'est-ce que vous aviez mis dans le verre de mon mari tantôt ?

Sa colère était telle que ses yeux semblaient littéralement jeter des éclairs et, en voyant ainsi s'effondrer son univers, Johnny devint tout pâle :

— Votre... votre *mari* ! balbutia-t-il, tandis que sa pomme d'Adam s'agitait convulsivement.

— Si je n'étais obligée de foutre le camp en vitesse pour ne pas manquer mon train, je vous aurais appris de quel bois je me chauffe, grand paltoquet !

Le sifflet d'un train retentit tristement du côté de la gare. La fille reprit sa valise. Jetant à Johnny un ultime regard d'indicible haine, elle sortit de la boutique et de sa vie.

D'un pas chancelant, le jeune homme s'approcha alors de la caisse :

— Ruby, dit-il à la préposée, tu préviendras le patron que je ne me sens pas bien... Je rentre chez moi.

A huit heures, le lendemain matin, Johnny sortit de chez lui.

Jamais on n'avait vu homme plus abattu se rendre à son travail. Les gens se retournaient sur son passage et semblaient sur le point de lui adresser la parole, mais il ne remarquait rien. Il y en eut même pour l'applaudir. Deux petits garçons s'exclamèrent à mi-voix : « C'est lui ! » et aussitôt lui emboîtèrent le pas avec fierté.

A mi-chemin du milk-bar, Johnny rencontra le chef de la police locale en compagnie du directeur de la banque.

— Nous nous rendions justement chez vous, mon garçon, lui dit gravement le policier en posant sa main sur l'épaule de Johnny.

Ainsi arraché à ses tristes pensées, celui-ci sursauta d'un air affolé :

— Mais je n'ai rien fait ! protesta-t-il nerveusement. Je vous jure que je n'ai rien fait !

Le policier et le banquier se regardèrent.

— Quelle modestie ! dit l'un.

— Quel noble désintéressement ! enchérit l'autre.

Le directeur de la banque prit le journal qui était sous son bras, le déplia et le présenta à Johnny :

— Lisez... là, dit-il d'un ton solennel. Lisez, et osez encore soutenir que vous n'avez rien fait.

Sur trois colonnes, la manchette ne pouvait manquer d'attirer l'œil :

UNE AUDACIEUSE ATTAQUE
DE LA BANQUE ÉCHOUE

et un sous-titre précisait :

> *grâce à la présence d'esprit*
> *d'un de nos jeunes concitoyens.*

N'y comprenant rien, mais de plus en plus inquiet, Johnny parcourait l'article du regard quand il vit son nom imprimé :

... le seul, semble-t-il, à avoir soupçonné dès l'abord ce qui amenait ces trois personnes dans notre ville.

Mr Spanish doit être hautement félicité pour la
méthode absolument sans précédent à laquelle il
recourut afin d'empêcher l'accomplissement de ce
forfait.

Johnny releva la tête :

— Je ne sais pas ce qu'ils veulent dire. Je n'étais même pas du côté de la banque...

Du geste, les deux autres l'incitèrent à poursuivre sa lecture :

Incapable de s'enfuir ou même de résister, littérale-
ment cloué sur place, n'ayant pas la force de faire
usage de l'arme qu'il avait sur lui, ce triste individu
dont le visage avait une expression lointaine et vague,
se laissa appréhender sans la moindre difficulté.
Comme devait le dire le chef de la police : « Jamais je
n'ai eu davantage le sentiment de cueillir quelqu'un ! »
Son complice et la femme ont malheureusement
profité de la confusion pour s'enfuir dans des direc-
tions opposées...

... au cours d'un interrogatoire serré, mais qui,
toutefois, ne put avoir lieu sans de fréquentes interrup-
tions, le malfaiteur attribua la cause de son effondre-
ment...

— Il y a un bon poste qui vous attend à la banque, déclara le directeur du même ton solennel. Vous êtes un garçon trop ingénieux et trop plein de ressources pour continuer à servir des glaces...

Il s'interrompit pour mieux regarder Johnny :

— Mon garçon, remarqua-t-il avec bienveillance, vous n'avez pas l'air tellement heureux ?

Non. Il était même très malheureux.

Il avait perdu son premier amour, le plus doux de tous.

Titre original : SODA FOUNTAIN
(traduit par M.-B. Endrèbe)

ENTRE LES MOTS

L'autre soir, à une réception, j'ai revu mon dernier amour. Par dernier, je n'entends pas le plus récent, mais celui après lequel il n'y en aura plus d'autre. Il était aussi attachant et débonnaire qu'à l'ordinaire, juste un peu vieilli peut-être. Nous nous sommes dit les choses que l'on se dit, quand, un verre à la main, on se rencontre en pareille circonstance.

« Hello, Annie ! » « Hello, Dwight ! » « Je ne savais pas que vous étiez là » « Je ne vous avais pas vu non plus ».

Puis, comme nous n'avions rien de plus à nous dire, nous nous sommes éloignés... dans des directions opposées.

Ce n'est pas souvent que je le revois maintenant. Mais, chaque fois que cela m'arrive, je pense de nouveau à elle, me demandant ce qu'elle est *vraiment* devenue...

C'est au journal que je l'ai vu pour la première fois.

Joan avait attiré mon attention sur le manuscrit.

Joan est mon assistante à la direction du magazine. Il est assez curieux, je suppose, qu'une publication de ce genre soit dirigée uniquement par des femmes. Je n'en connais aucune autre dans le même cas, car nous ne dirigeons pas un magazine féminin ou de confidences : nous nous occupons d'un périodique qui est, purement et simplement, policier. Et ce qu'on y publie est aussi pur que simple, je vous l'assure. Rien ne s'y mêle à l'enquête et au mystère.

En revanche, si tant est que le capital puisse avoir un genre, nos commanditaires sont masculins. Et s'ils nous ont choisies, puis gardées, c'est que notre façon de concevoir le canard doit leur plaire. La vente est d'ailleurs bonne et comme nous nous contentons de mettre une initiale à la place de nos prénoms « Magazine conçu et réalisé par A. Ainsley et J. Medill », les lecteurs n'y voient que du feu. Tout le courrier que je reçois est adressé à « Mr Ainsley ».

Donc, ce jour-là, nous avions un « trou ». Dans un mensuel, on est toujours à deux doigts de donner le bon à tirer trop tard pour qu'on puisse paraître à la date habituelle, et un pépin de ce genre prend un caractère tragique. Un de nos collaborateurs nous avait fait défaut : il s'était saoulé, avait attrapé la grippe, ou nous avait envoyé un texte par trop mauvais, je ne me rappelle plus au juste. Et, à l'époque, nous ne paraissions pas depuis assez longtemps pour avoir une avance de textes.

— Et dans les retours ? demandai-je.

Ce sont les envois qui nous sont soumis par les amateurs et que nous n'avons pas retenus. Ils vont de l'abominable au pas fameux. C'était la pauvre Joan qui avait mission de lire ces envois et elle ne

166

cessait de boire du café noir, bien fort, pour ne pas succomber à la tâche.

— Il y a deux contes, mais qui sont assez mauvais, me répondit-elle. Et il nous faut bien les deux pour boucher le trou.

— S'il nous faut publier quelque chose de mauvais, remarquai-je, j'aime mieux que ce soit un seul long texte que deux courts. Vois si tu ne peux pas me découvrir quelque chose dans les cinquante mille signes.

Une heure plus tard, je la vis revenir dans mon bureau :

— Je t'ai trouvé quelque chose, m'annonça-t-elle triomphalement.

Et elle ajouta avec une grimace expressive :

— Park Avenue.

— Que veux-tu dire ?

Elle me montra l'adresse de l'expéditeur :

— Dwight Billings, 657 Park Avenue, New York... Voilà maintenant que le gratin de la société nous envoie des textes, ma chère !

— Oh ! tu sais, il a pu louer une chambre de bonne ou, si ça se trouve, c'est un type qui se fait adresser son courrier aux bons soins d'un portier.

— Tu crois que les gens de Park Avenue louent leurs chambres de bonne ? fit Joan avec un haussement de sourcils.

Je lus la nouvelle. C'était une de ces histoires où le type se réveille à la dernière page pour découvrir qu'il n'a pas vraiment commis un meurtre, qu'il a seulement rêvé tout ce qu'il vient de raconter.

J'avais lu pire, mais rarement.

— C'est une première tentative, dis-je à Joan.

— Oh ! je le sais. Ça se voit tout de suite. Un

travail fait avec amour, etc. Mais où a-t-il été pêcher cette atmosphère ? Sans doute est-ce l'idée que les gens de Park Avenue se font du « milieu »... C'est drôle comme ils s'en vont toujours choisir l'ambiance qu'ils connaissent le moins. Ceux qui habitent le Village[1] adorent écrire sur Park Avenue. Lui, il était apparemment bien placé pour nous parler de ce quartier, résidentiel entre tous, et il a fallu qu'il nous parle de Hell's Kitchen ![1] Penses-tu que nous puissions nous risquer à le publier ?

— Nous y sommes bien obligées, puisque c'est demain que nous devons remettre à l'imprimeur le reste de la copie. Si nous supprimons le coup du rêve et présentons l'histoire comme étant réellement arrivée, ça pourra passer, à condition de revoir le style. Demande à Mary si elle peut m'avoir ce Billings au téléphone.

Elle revint, quelques minutes plus tard, m'annoncer, haletante :

— Il est dans l'annuaire !

Joan paraissait surprise, comme si elle s'était attendue que l'adresse indiquée fût de pure complaisance.

— Seulement, nous n'arrivons pas à obtenir de réponse et il est cinq heures moins le quart... Et puis je viens de découvrir autre chose, ajouta-t-elle. La lettre l'invitant à passer reprendre son manuscrit est déjà partie. Comme cela faisait plus

---

1. Greenwich Village ou le Village tout court est l'équivalent de notre Saint-Germain-des-Prés. Quant à Hell's Kitchen — la Cuisine de l'Enfer — on appelle ainsi l'ouest de la presqu'île de Manhattan, la partie située vers le bas de la 10ᵉ Avenue et qui était naguère extrêmement mal fréquentée. (N. du T.)

de dix jours que son texte était là, Carol lui a automatiquement expédié la lettre standard par le courrier de midi.

— Eh bien, nous aurons changé d'avis, voilà tout. S'il se présente, que Mary me l'annonce aussitôt et je lui expliquerai cela moi-même.

D'un geste quelque peu énervé, je fourrai le manuscrit dans mon porte-documents :

— Je suis obligée de l'emporter chez moi pour tâcher de le remettre d'aplomb.

— Ça, glissa Joan, c'est l'avantage d'être rédacteur en chef !

A neuf heures, le lendemain matin, la nouvelle, remaniée par moi, filait chez l'imprimeur. Le « trou » avait été comblé et c'était l'essentiel. L'auteur, lui, n'avait plus guère d'importance.

Vers neuf heures et demie, Mary m'appela du standard, avant même que j'eusse débarrassé mon bureau du courrier qui l'encombrait :

— J'ai ici Mr Billings qui vient chercher un manuscrit...

— Demandez-lui d'attendre une minute, répondis-je sèchement.

J'en voulais encore à ce monsieur du temps que j'avais dû lui consacrer, la nuit précédente, en dehors des heures de bureau. Ce n'était pourtant pas sa faute s'il n'écrivait pas comme un professionnel ou si nous avions eu un trou.

La minute annoncée se multiplia par vingt, sans que je le fisse exprès. Mais je devais, avant toute chose, dépouiller le courrier et il était venu de si bonne heure...

Enfin, je décrochai mon téléphone :

— Priez Mr Billings d'entrer, Mary.

J'allumai une cigarette et me renversai contre le dossier de mon fauteuil, savourant cet instant de trêve.

Il frappa, montrant par là qu'il n'avait pas l'habitude des bureaux. J'aime étudier les gens, même ceux que je pense ne jamais revoir.

— Entrez !

Il n'avait pas du tout le genre des auteurs auxquels nous étions habituées, et qui sont ordinairement hirsutes, perpétuellement inquiets, et uniquement occupés d'eux-mêmes. Ce ne sont pas vraiment des hommes et des femmes, mais une race à part : des enfants phénoménaux ou des adultes infantiles.

Lui, il était plutôt... comment dire ?

Il était tout à fait le type d'homme qu'on se souvient d'avoir rencontré un jour dans un cocktail, la veille ou bien voici plusieurs années. L'homme avec qui vous auriez lié conversation, si une autre fille n'avait été plus prompte que vous à l'accaparer. Et depuis, aucun autre homme ne vous avait semblé tout à fait comme lui... peut-être justement parce que vous n'aviez pas eu le temps de lier conversation.

Agé d'une trentaine d'années, il était grand, avec des yeux bruns et des cheveux châtains, qui avaient dû être blonds lorsqu'il était enfant.

J'aime étudier les gens, les gens que je sais être appelée à revoir souvent, parce que je le souhaite, parce que je m'y emploierai.

Je me souviens qu'il avait un complet de tweed poivre et sel, ainsi qu'une cravate de foulard au dessin si discret que, à plus d'un mètre de distance, il se fondait en un tout harmonieux. Il n'était pas tiré à quatre épingles, mais sa tenue n'avait rien non plus de négligé. Il était... Bref, il était comme cet homme

qu'on a rencontré un jour dans un cocktail sans avoir
pu arriver à lier conversation avec lui...

Il me vit, puis regarda autour de lui :

— Je suppose que j'ai dû me tromper de bureau,
sourit-il. Je cherche Mr Ainsley.

J'avais l'habitude. Ça se produisait tout le temps.

— Asseyez-vous, lui dis-je. Il s'agit de Miss Ainsley, et c'est moi.

Je suis toujours extrêmement sensible aux réac-
tions que provoque cette mise au point. Car c'est
assez spécial : il ne s'agit pas d'une femme occupant
un poste d'homme, mais d'une femme qui, délibérément, pour des raisons commerciales, se fait passer
pour un homme. Sans doute que, dans mon subconscient, je souffrais de cette situation... En tout cas,
quand les gens manifestaient trop d'étonnement, ça
me déplaisait ; mais s'ils faisaient comme si de rien
n'était, je les soupçonnais d'être hypocrites et ça ne
me plaisait pas davantage.

Lui, s'il avait paru vivement étonné, ça m'aurait
plu ; s'il était demeuré impassible, j'aurais trouvé ça
très bien.

— Oh ! fit-il avec cordialité, quelle plaisante surprise.

Et j'adorai ça.

Il s'assit et je trouvai qu'il s'asseyait très bien : pas
trop penché en avant, ni trop renversé en arrière, ni
trop droit sur son siège, ni trop affaissé.

— Cigarette ? proposai-je.

Il accepta.

Je pensai à ma coiffure, ce qui ne m'était encore
jamais arrivé quand je me trouvais à ce bureau.
J'aurais voulu être comme Joan qui allait tous les
quinze jours chez son coiffeur, alors que je me

contentais de me peigner chaque matin en me disant que mes cheveux étaient très bien comme ça.

— Est-ce votre première œuvre, Mr Billings ?

— Je n'ai pas réussi à vous abuser, hein ? dit-il en souriant de nouveau.

Je pris un crayon dont je n'avais nul besoin, le fis tourner entre mes doigts, puis le reposai :

— J'espère que vous ne verrez pas d'objections au traitement que nous lui avons fait subir.

— Que voulez-vous dire ?

Je lui expliquai que les histoires de rêves étaient absolument proscrites dans la maison :

— ... cela signifie simplement que l'auteur n'a pas assez confiance en son histoire pour la livrer telle quelle, qu'il se dégonfle à la dernière minute et que, après avoir raconté son affaire, il préfère dire au lecteur : « Non, ça n'est pas vrai, ça n'est pas arrivé ! »

— Mais, fit-il d'un ton incrédule, si vous avez modifié ma nouvelle, c'est donc que...

— Oh ! la réceptionniste ne vous a pas prévenu ? Nous avons essayé de vous joindre par téléphone tout hier après-midi... oui, nous prenons votre nouvelle, nous la publions.

Je l'observais avec attention et il eut exactement la réaction qu'il fallait. Il ne parut ni trop fier de soi, ni blasé, ni indifférent : juste modestement heureux. D'ailleurs, eût-il pu faire quelque chose qu'il ne fallait pas faire ?

— Oh ! non ! s'exclama-t-il avec gratitude. *Ma* nouvelle ? Comment cela se fait-il ? J'ai reçu ce matin votre petite carte imprimée m'annonçant qu'on la tenait à ma disposition et...

— C'était une erreur, l'interrompis-je vivement.

La carte avait été expédiée avant que nous eussions pris une décision définitive.

— Je n'en crois encore pas mes oreilles ! dit-il en secouant la tête d'un air émerveillé. Vous avez dû la remanier considérablement ?

— Oui, nous y avons apporté pas mal de retouches, admis-je avant d'entrer dans les détails techniques. Il faut un rebondissement ou un coup de théâtre à la fin de chacune de vos scènes. Ne les laissez jamais tomber à plat.

Je repris le crayon pour faire ma démonstration :

— Tenez... Voici vos scènes comme elles étaient, expliquai-je en traçant une ligne qui montait pour finalement redescendre. Votre point culminant se situe au milieu de la scène, après quoi vous laissez retomber l'intérêt, le *suspense*.

Je traçai ensuite une ligne continûment ascendante.

— Et voici comment elles devraient être, en s'interrompant net au point culminant. Cela lance votre lecteur dans la scène suivante avec une curiosité excitée au plus haut point. Sans quoi, si vous laissez chaque fois l'intérêt retomber, vous risquez que le lecteur renonce à aller jusqu'au bout de votre histoire. Maintenant, est-ce que vous comprenez ce que j'entends par rebondissement ? Même si ça n'est qu'un coup de revolver, ou la lumière qui s'éteint brusquement...

Il n'était pas homme à acquiescer sans réserve. Tout cela était nouveau pour lui, mais il n'en conservait pas moins ses idées préconçues. Il pesa un instant ce que je venais de lui dire, puis remarqua :

— Oui, mais dans la vie réelle, quotidienne, est-ce que cela se passerait ainsi ?

Je lui souris :

— Vous confondez. Beaucoup de... euh... débutants commettent la même erreur. Vous ne faites pas du roman réaliste. Ce que nous publions n'a rien à voir avec la vie réelle. Il n'y a jamais eu de criminels comme ceux que nous mettons en scène, ni de policiers non plus, d'ailleurs ! Ce sont des types conventionnels comme... comme les personnages d'un opéra, par exemple. Le héros, l'héroïne, le méchant ou la méchante. Ce qui vous abuse, ce sont les accessoires dernier cri : les Luger, les mitraillettes, les empreintes digitales, les tests au nitrate, les voitures de patrouille guidées par radio. Mais le lecteur sait que ça n'est pas la vie réelle, et il n'attend pas que ça le soit. Il serait le premier à protester si nous voulions faire réaliste. Voilà pourquoi il n'y a jamais le moindre brin de sexualité dans nos histoires. Des filles splendides, qui affoleraient n'importe quel homme, sont, dans nos histoires, en danger de mort à cause de leurs bijoux, ou parce qu'elles transportent un précieux document, ou bien encore parce qu'elles en savent trop, mais jamais, jamais elles ne courent le moindre risque à cause de leur beauté. Les bandits, sur ce chapitre, n'ont même pas le droit d'entamer les travaux d'approche. Tout doit rester d'une neutralité immaculée. Alors que, dans la vie réelle...

— Oui, sourit-il, je vois ce que vous voulez dire. Eh bien, j'en sais beaucoup plus maintenant que lorsque je suis entré dans ce bureau.

— Je vais signer la feuille pour la comptabilité, lui annonçai-je. Vous aurez votre chèque à la fin de la semaine.

174

Il haussa les sourcils :

— Vous voulez dire que je vais être *payé* en plus de… ? Mais j'aurais consenti de grand cœur à…

— Voilà qui me change agréablement, repartis-je. Si vous voyiez comme certains de nos auteurs discutent à propos du tarif et du nombre de mots ! Nous payons les textes jusqu'à deux *cents* du mot, c'est notre maximum. Comme vous êtes un nouveau nom pour nos lecteurs, je vais vous faire démarrer à un *cent* et demi. Cela vous convient-il ?

— Oh ! mais oui ; ce que vous voudrez, ce que vous voudrez !

De toute évidence, l'argent ne comptait pas pour lui.

Mary m'appela du standard :

— Le dessinateur est là avec les projets de couverture pour le mois prochain.

— Je ne peux pas le recevoir maintenant. Demandez-lui de laisser ses dessins : je lui téléphonerai dans la journée.

— Je n'empiète pas trop sur votre temps, au moins ? demanda-t-il quand j'eus raccroché.

— Non, pas du tout. Cela peut attendre, lui assurai-je, puis je sonnai Joan en ajoutant : A présent que vous êtes sur le point de devenir un des nôtres, je tiens à vous présenter le restant de notre petit groupe.

Comme il était appelé à la rencontrer tôt ou tard, autant valait que ce fût tout de suite. Ce jour-là, elle n'avait que sa vieille robe de piqué et elle traînait un rhume depuis la veille.

— Voici Mrs. Medill, mon associée, dis-je en appuyant sur le fait qu'elle était mariée. Mr. Billings, notre plus récent collaborateur, Joan.

— Ah ? Soyez le bienvenu dans la famille, cher monsieur.

On ne s'apercevait pas qu'elle était enrhumée et sa robe de piqué donnait l'impression d'être une récente acquisition.

— J'ai pensé toute la nuit à votre histoire, ajouta-t-elle.

— Tu y as pensé, mais c'est moi qui ai travaillé dessus, soulignai-je avec causticité.

Nous rîmes tous les trois.

Joan fuma une cigarette avec nous. Nous ruminâmes des titres et finîmes par en choisir un. Cela faisait quarante-cinq minutes que Billings était là : jamais, depuis que j'étais dans les affaires, je n'avais reçu quelqu'un aussi longuement.

Ce fut lui, en définitive, qui prit l'initiative de la séparation, bien que Joan m'eût, à deux ou trois reprises, décoché un coup d'œil intrigué. Il se leva, nous serra la main.

— Maintenant, vous allez bientôt revenir nous voir avec une autre nouvelle, n'est-ce pas ? lui dis-je. Nous l'attendons.

— Oui, appuya Joan posément, tandis que son regard se rivait innocemment sur moi, profitez-en : nous avons besoin de textes et notre résistance est pratiquement nulle.

— J'espère ne pas faire comme mon héros et m'apercevoir que tout cela n'est qu'un rêve ! s'écriat-il gaiement.

— Tâchez simplement de vous rappeler les indications que je vous ai données. Tenez, voici deux numéros de notre magazine : lisez-les, ça vous aidera certainement à comprendre ce que nous recherchons. Pour qu'un texte puisse éventuellement paraître dans

176

notre prochain numéro, il faut que nous l'ayons avant le quinze. Enfin, si quoi que ce soit vous tracasse lorsque vous écrirez, n'hésitez pas à me donner un coup de fil, et je serai très heureuse de vous venir en aide, si cela m'est possible.

— Merci, dit-il avec un large sourire. Vous êtes très chic toutes les deux.

Il referma la porte derrière lui. Mais, l'instant d'après, il la rouvrait pour nous dire :

— J'ai une idée : pourquoi ne viendriez-vous pas dîner chez moi ? Toutes les deux, bien entendu. Soyez rassurées : ce n'est pas moi qui cuisine ! Et vraiment, ça me ferait un grand plaisir...

— J'ai une de ces pauvres choses qu'on appelle un mari, dit Joan. Il est très bien élevé, ne fait pas de bruit, mais le malheureux dépend entièrement de moi pour sa subsistance...

— Eh bien, amenez-le avec vous ! Je serai ravi de faire aussi sa connaissance. Alors, voyons, est-ce que mardi vous conviendrait ?

Je feignis de consulter mon agenda, tout en sachant bien que je n'avais aucun rendez-vous après cinq heures cette semaine-là... ni jamais, d'ailleurs.

— Mardi me paraît très bien convenir.

— Alors, mardi à sept heures. Juste nous quatre. Au revoir, Miss Ainsley.

— Oh ! appelez-moi donc Annie, dis-je comme l'on se jette à l'eau. Au revoir, Dwight.

Cette fois, quand il eut refermé la porte, nous entendîmes son pas s'éloigner dans le couloir. Un pas ferme, viril, qui ne traînait pas...

Joan me regardait fixement, les sourcils levés.

— Pourquoi hausses-tu les sourcils ?

— Je hausse les sourcils ?

— Ils n'ont sûrement pas poussé à cet endroit-là.

— C'est la première fois que je te vois aussi patiente avec un auteur, remarqua-t-elle en rassemblant certains papiers pour les emporter.

Et je me rappelai ainsi, avec un peu de contrition, que c'était en qualité d'*auteur* qu'il était venu dans mon bureau.

**
*

Joan et son mari, le Chiffreur, passèrent me prendre dans un taxi à six heures et demie, de sorte que nous arrivâmes là-bas tous ensemble. Le Chiffreur ne s'intéressait ni aux écrivains ni aux magazines. S'il laissait Joan s'occuper du nôtre, c'était, disait-il, parce que ça l'empêchait de faire plus mal. Lui-même, sec et posé, était dans les assurances. Il portait des lunettes et avait un joli début de calvitie. Son charme était aussi lent qu'insidieux et il fallait bien une période d'incubation de six mois pour découvrir qu'on était heureux de le voir. C'était Joan qui lui avait donné ce surnom, pendant sa propre période d'incubation. Ils s'étaient mariés dans le courant du septième mois, mais le surnom lui était resté. Quiconque connaissait bien Joan savait qu'elle était suprêmement heureuse avec son mari, mais on ne s'en serait pas rendu compte à la façon dont elle lui parlait. Joan était sentimentale, mais vivait dans la crainte de le laisser paraître. Aussi affectait-elle d'être cynique, comme l'on revêt une armure. Mais le surnom qu'elle avait donné à son mari convenait fort bien à ce dernier, qui, passé cinq heures de l'après-midi, se montrait peu enclin à parler, quel que fût le sujet de la conversation. Joan et moi supposions que cela tenait à ce qu'il se reposait de devoir beaucoup parler pour ses affaires.

— Il a une voix ! m'annonça un jour triomphalement Joan. Je suis passé le voir, hier, à son bureau et, à travers la porte, je l'ai entendu qui parlait. Jusqu'alors, je n'étais pas du tout certaine qu'il eût une voix.

Ce soir-là, il grommela simplement « Hello, Annie ! » quand je les rejoignis dans le taxi, et nous savions toutes deux que nous ne tirerions vraisemblablement pas d'autres paroles de lui au cours de l'heure à venir. Mais « Hello, Annie ! » dit avec un accent cordial qu'on sait être sincère, ça n'est pas si mal. En fait, cela peut valoir beaucoup mieux qu'un facile verbiage. Joan avait choisi ce taciturne et, s'agissant des hommes, Joan était plus maligne que je ne le serais jamais.

Le n° 657 était un de ces hauts monolithes qui composent, le long de Park Avenue, de la 45e à la 96e Rue, une sorte de gigantesque barrière de piquets. Mais une barrière qui n'eût pas rempli son office, car elle n'empêchait personne d'accéder dans cette noble artère.

— Mr Billings, demandai-je au portier galonné.

— Sixième étage, me répondit-il.

Nous entrâmes tant bien que mal dans un ascenseur plutôt exigu. Sans doute, dans cet immeuble, l'espace était-il si coûteux qu'un minimum seulement pouvait en être consacré aux utilités.

Le palier sur lequel nous abordâmes ne comportait qu'une seule porte, et était déjà meublé comme un salon : tapis d'Orient, miroir ancien, table sculptée, fauteuil Louis XVI et petit lustre de cristal.

— Est-ce vraiment un de tes auteurs, Annie ? fit Joan.

179

— Je suppose qu'il doit avoir d'autres sources de revenu, répondis-je avec une inutile sécheresse.

— Mais lesquelles ? insista-t-elle.

— Pourquoi se donne-t-il la peine d'écrire ? laissa tomber le Chiffreur.

Nous lui jetâmes toutes deux un regard d'affectueux reproche : pour une fois qu'il parlait !

La porte nous fut ouverte par un homme de couleur, mais qui parlait avec un accent distingué :

— Bonsoir Mrs Medill, Miss Ainsley, bonsoir, monsieur. Permettez-moi, je vous prie...

Il débarrassa le Chiffreur de son chapeau, puis ajouta :

— Si vous voulez bien, Mesdames, entrer un instant ici...

Il nous introduisit dans un boudoir où Joan et moi nous débarrassâmes de nos étoles, avant de vérifier notre apparence dans un immense miroir à trois faces qui dominait une coiffeuse. Sur celle-ci, Joan, curieuse comme une chatte, ouvrit un poudrier de cristal taillé pour humer son contenu :

— Mmmm ! Très bien... Coty, si je ne m'abuse. Rachel, pour brunes.

Puis, soulevant le couvercle d'un second poudrier :

— ... et Chair, pour blondes. Il n'a apparemment pas de rousses sur sa liste.

Je ne répondis rien.

Nous rejoignîmes le Chiffreur et le maître d'hôtel dans la galerie centrale, qui s'étendait sur une longueur d'environ trois pièces à travers l'appartement pour aboutir à quatre marches en haut desquelles se trouvait l'arche donnant accès au living-room qui, dans un appartement de ce genre, devait être appelé, je suppose, le grand salon. Mais cette arche se trouvait de côté par rapport à la galerie, au lieu de lui faire face, si bien qu'on ne pouvait pas apercevoir l'intérieur du living-room avant d'y être arrivé.

Là, il y avait encore deux marches, mais à descendre cette fois et l'on tournait à gauche pour descendre de nouveaux deux marches qui aboutissaient enfin au parquet du living-room. On ne pouvait rien concevoir de mieux pour permettre des entrées théâtrales.

Le living-room était magnifique : moquette vert mousse, murs ivoire, et là, *deux* lustres de cristal. L'un était allumé et étincelait de mille feux, tandis que l'autre demeurait d'une fraîcheur bleutée.

Au bout d'un instant, je pris conscience d'autres détails. Le couvercle levé d'un piano à queue, qui projetait l'ombre d'une aile sur le mur voisin. Au bord du clavier, il y avait dans un cendrier une cigarette dont la fumée montait toute droite, puis décrivait des volutes avant de redevenir perpendiculaire. Entre le dessus du piano et le couvercle levé, j'aperçus le haut de sa tête : près des pédales, ses souliers vernis.

Les notes mélancoliques de *Rien qu'un cœur solitaire,* égrenées d'une seule main, s'interrompirent à notre entrée. Il leva la tête tandis que nous descendions les deux dernières marches et, l'espace d'un instant, je vis son regard dans l'écartement du couvercle. Ainsi, on eût dit qu'il portait un masque couleur chair, le couvrant des sourcils aux pommettes, et que le reste de son visage était d'une noirceur d'ébène.

Puis il se leva et vint à notre rencontre, tendant une main vers Joan, l'autre vers moi.

Pour moi, c'était la gauche, « celle du cœur », pensai-je pour me persuader que j'étais la mieux partagée.

Nous bavardâmes un moment, ainsi que peuvent le faire des gens comme nous en guise de préliminaires, parlant beaucoup et ne disant rien.

Puis son domestique apporta un shaker tout embué, servit des bacardis, nous les offrit. Nous nous remîmes à parler pour le plaisir de parler, mais plus rapidement sous l'effet des cocktails.

Ce fut Joan qui se lança la première, comme j'aurais dû me douter qu'elle ne manquerait pas de le faire, tôt ou tard :

— Vous nous avez coupé le souffle ! dit-elle avec un geste circulaire. Tout cela pour un célibataire !

— Je n'y suis pour rien : j'en ai hérité, expliqua-t-il posément. Cet appartement appartenait à ma tante et quand elle est morte, voici deux ans, je l'ai eu sur les bras.

— Pourquoi ne m'arrive-t-il jamais des malheurs de ce genre ? s'enquit innocemment Joan.

— Comme je ne savais qu'en faire, je m'y suis tout bonnement installé avec Luther, mon domestique. La succession assure l'entretien, et je n'ai donc aucun frais de ce côté. Depuis deux ans, je cherche à vendre cet appartement, mais comme je n'y suis pas encore parvenu, je vais peut-être y renoncer...

Je me demandais ce qu'il faisait dans la vie, mais je n'osais lui poser la question. Ce fut Joan qui s'en chargea. Aussi ne pus-je m'empêcher de penser qu'il était vraiment très pratique de l'avoir avec soi.

— Et que faites-vous, au juste ? s'enquit-elle. Je veux dire : en dehors d'écrire pour Annie, puisque maintenant vous écrivez pour Annie ?

Il esquissa gravement un salut, qui s'adressait aussi à moi, puis dit :

— Rien... Vraiment, rien.

Joan s'exclama avec enthousiasme :

— Ah ! voilà un homme selon mon cœur ! Laissez-moi vous serrer la main !

Et elle le fit.

— J'avais une occupation jusqu'à ce que j'hérite, continua-t-il. Au début, je l'ai même conservée. Puis un jour, au lendemain d'une réception, je me suis réveillé trop tard pour me rendre au bureau, et j'ai trouvé délicieux de ne pas aller travailler. Alors, je me suis dit : « Pourquoi ne l'ai-je pas fait plus tôt ? » et je ne suis plus retourné au bureau.

Le Chiffreur fit alors sa contribution horaire à la conversation.

— Je vous admire, déclara-t-il avec emphase. C'est une envie que nous avons tous éprouvée, à l'un ou l'autre moment. Mais, à ma connaissance, vous êtes le seul à avoir eu assez de cran pour y céder.

— Cédez-vous toujours à vos envies ? s'informa Joan avec malice. Dans l'affirmative, je ne voudrais pas être la dame qui, au théâtre, se trouverait assise devant vous avec un grand chapeau.

— Pas toujours, non, répondit-il. Mais très souvent.

Là-dessus, nous allâmes dîner.

Après le repas, je ne sais pas comment, il se trouva m'emmener voir la pièce où il écrivait, tandis que Joan et le Chiffreur demeuraient dans le living-room. J'ignore comment cela se fit, mais ça ne me fut pas désagréable.

La porte était fermée à clef et, tout en faisant tourner cette dernière dans la serrure, il me confia :

— Je ne tolère même pas que Luther entre ici quand j'écris. Je crois que cela me gênerait terriblement d'être vu à ces moments-là...

— Ça vous passera, lui assurai-je. Je connais des auteurs qui seraient capables de travailler dans la rue, et sur le coup de midi encore !

Il me conduisit vers la table où une feuille, à demi dactylographiée, était demeurée engagée dans le rouleau de la machine à écrire :

— Je me suis trouvé bloqué là, me dit-il, voici deux jours, et depuis lors je n'ai pas été capable d'écrire un seul mot.

L'ongle de son index souligna l'endroit, comme pour gratter quelque défaut dans le grain du papier.

— Ce n'est rien, vous redémarrerez, dis-je, pour le réconforter.

— Oui, mais comment fait-on pour redémarrer ? Je reste assis là et rien ne se produit. Je frappe le côté de ma machine, je frappe le côté de ma tête...

Je ne souris pas. Il ne souhaitait pas me faire sourire, mais obtenir un conseil.

— Il y a deux méthodes, lui dis-je. Vous sautez le passage où vous vous êtes trouvé bloqué et continuez plus loin. Ensuite, vous revenez en arrière pour boucher le trou. Ou bien alors, vous rayez les dernières lignes et abordez le point délicat d'une façon différente, qui vous permettra sûrement de le franchir sans plus de difficulté.

Ce n'était pas tellement sur le plan professionnel, j'en ai peur, que je m'intéressais à lui. Je me penchai, comme pour lire la phrase que, sur la feuille, son doigt continuait d'indiquer, mais mon regard alla, par-dessus le rouleau, vers une photographie féminine qui se trouvait dans un cadre, à l'arrière du bureau.

— Je dois avoir commis quelque erreur dans cette dernière ligne, dit-il. Je sais ce que je veux lui faire faire, mais je ne sais comment l'amener à le faire.

« *A mon Dwight* » avait-elle inscrit en bas de la photo, à droite mais sans signer. Comme s'il ne pouvait y avoir de confusion possible, comme si elle avait la certitude d'être unique dans sa vie.

— Ça viendra tout seul, ne vous forcez pas, lui dis-je tièdement.

Je m'étonnai d'éprouver quelque impatience, voire un certain ressentiment, qu'il m'eût amenée là, m'isolant des Medill. Etait-ce parce qu'il ne me parlait que comme un auteur peut parler à un éditeur susceptible de l'aider dans son travail?

— Si nous allions rejoindre les autres? suggérai-je avec un rien d'acidité.

*
**

Nous partîmes de bonne heure. Ça n'avait pas été une soirée très réussie. Sur le chemin du retour, Joan traduisit notre commune pensée :

— Nous n'avons fait que parler boutique! C'était comme si nous avions été au bureau, mais en tenue de soirée!

Puis elle ajouta :

— Il n'est pas heureux.

Elle insista, quêtant mon approbation :

— Tu ne crois pas? Tu n'as pas remarqué son air?

— Ah! les femmes! soupira le Chiffreur, en levant les yeux vers le plafonnier du taxi.

Joan ignora l'interruption :

— A cause d'une fille, probablement...

Elle pesa la chose, puis hocha approbativement la tête :

— Oui, sûrement. C'est le type à ressasser ça jusqu'à ce que ça lui porte sur le système.

— Je ne lui ai rien trouvé d'anormal, s'interposa le Chiffreur. Qu'attendais-tu de lui ? Qu'il se tienne debout sur les mains ?

— Ah ! les hommes ! fit-elle d'un ton expressif.

— Je crois l'avoir vue, dis-je à Joan.

— Comment est-elle ? s'enquit mon amie avec une sorte d'avidité.

— Le genre de femme qui n'est pour personne... et à tout le monde, répondis-je d'un air sombre, avant d'ajouter vivement : Mais ce ne sont là que des suppositions, bien sûr !

— J'adore faire des suppositions ! Pas toi ?

Ce fut ainsi que nous commençâmes à le connaître un peu. Le peu qu'il voulait bien nous laisser connaître. Ou peut-être devrais-je dire : le peu que nous étions capables de connaître.

Sa seconde nouvelle essuya un refus. En cas de besoin, elle eût été passable. Mais, cette fois, nous n'avions pas de trou à boucher et cela faisait une grande différence.

Je me rendais compte, à présent, qu'il ne serait jamais un bien bon écrivain. A vrai dire, peu m'importait qu'il le devînt ou non. Ce n'était pas en tant qu'écrivain qu'il m'intéressait.

Je lui téléphonai, pour lui annoncer le rejet de son œuvre, et, contrairement aux apparences, cela aussi

186

prouvait que je ne croyais pas en son avenir litté-
raire. Ceux qui peuvent un jour devenir de vérita-
bles écrivains, on leur assène les refus durement ;
ils ont droit à la petite carte imprimée. Mais ça
leur fait du bien, ça les fouette, et rien d'ailleurs
ne pourrait les décourager d'écrire : ils ont ça
dans le sang. C'est avec le dilettante qu'il faut
mettre des gants de velours.

Je lui dis que j'étais navrée et bien d'autres
choses encore qui n'avaient rien à voir avec son
histoire. Vers la fin, tout de même, pour sauve-
garder les apparences, je lui reparlai de sa nouvelle :

— Que cela ne vous dérange surtout pas !
Continuez !

Il m'en apporta une troisième qu'il dut remporter pareillement.

Sa persévérance n'alla pas au-delà, et il n'en
écrivit jamais une quatrième.

Mais cela est son histoire et non point celle de
ses histoires.

Je le reçus une fois chez moi, puis ce fut au
tour de Joan. Là, ce fut beaucoup mieux. Rien
d'étonnant à cela : chez Joan, même un enterre-
ment paraîtrait gai.

Après cela, nous étions quittes. Je ne sais pas
pourquoi il faut rendre les politesses que l'on vous
fait, mais c'est ainsi.

Puis, une semaine plus tard, il vint nous voir et
nous invita de nouveau à dîner, ce qui relança la
balle.

Joan ne parut aucunement enthousiasmée par la perspective de ce dîner.

— Je ne resterai pas tard, déclara-t-elle. Il m'est indifférent que quelqu'un soit malade d'amour, à condition de n'être pas obligée de demeurer assise à son chevet.

Je ne lui répliquai rien, parce que j'étais en train de me demander comment je m'habillerais.

Le dîner était aussi bon que la première fois et la soirée menaça d'être tout aussi fastidieuse.

— Ce que je trouve le plus difficile, c'est d'imaginer un mobile qui soit vraiment convaincant. Le démarrage, ça va, mais je n'arrive jamais à justifier mon meurtre de façon plausible.

Je vis Joan rouler les yeux au-dessus de son verre, pour me faire comprendre que, en ce moment même, elle imaginait un excellent mobile !

Luther se présentait sur le seuil de la pièce, toutes les dix ou quinze minutes, et quand il avait réussi à capter l'attention de Dwight, il mentionnait simplement un nom : « Mr Wilson ». Effet sans cause, car on n'entendait jamais de sonnerie. Et la réaction de Dwight était toujours la même : il secouait la tête, quel que fût le nom. Alors, Luther repartait.

La scène se reproduisit cinq ou six fois, si bien que cela finit par énerver Dwight.

— Miss Gordon.

— Pour *personne*, vous m'entendez ? lui lança Dwight avec humeur. Absolument *personne* !

— Une assurance sur la vie est toujours un bon mobile, enchaînai-je après l'interruption. Ou un testament. N'importe quoi ayant trait à de l'argent. Et si vous ne trouvez rien de mieux, vous pouvez toujours vous rabattre sur « le secret dangereux à

188

connaître ». La victime était au courant d'un autre meurtre commis par le même assassin, si bien que celui-ci a été obligé de la supprimer aussi pour ne pas courir le risque d'être dénoncé à la police.

— A vous l'entendre dire, cela paraît tout simple, déclara-t-il avec admiration.

Joan regarda l'intérieur de son verre, semblant se demander s'il était assez grand pour qu'elle pût s'y noyer.

Et de nouveau, je vis Luther en attente sur le seuil, bien que Dwight lui eût signifié n'être là pour personne.

Dwight tourna la tête vers lui :

— Je croyais vous avoir clairement dit...

— Oui, mais cette fois... l'interrompit le domestique d'un air rayonnant.

Ils se regardèrent et se comprirent sans avoir besoin de parler.

— *Non?* s'exclama Dwight d'un ton incrédule.

Alors, je vis son visage s'éclairer et je compris que, sans que j'en eusse conscience jusqu'alors, une ombre devait voiler ce visage. Comme je l'avais toujours connu ainsi, il avait fallu que cette ombre se dissipât pour que je me rendisse compte de la différence. Et quelle différence !

Il n'y avait qu'une façon de décrire ce visage transformé : c'était celui d'un homme follement amoureux, d'un homme qui croyait avoir définitivement perdu quelque chose et découvrait brusquement son erreur, s'apercevait que ce quelque chose de si précieux lui était rendu, lui appartenait toujours.

Cela me fit un peu mal de le voir rayonner ainsi. Des brûlures au second degré, pour avoir —

imprudemment — voulu être un peu trop proche de lui.

Entre Luther et Dwight les échanges télépathiques continuaient.

— Pas... ? fit-il.

Luther découvrit largement ses belles dents :

— Mais si !

Ce fut comme si un trop-plein de bonheur étranglait Dwight :

— Luther, vous ne me trompez pas ? Ce serait...

— Croyez-vous que je ne sache pas reconnaître sa voix ?

— De retour, alors ? Quand ça ?

— Mieux vaut le lui demander vous-même.

Saisi d'une soudaine fébrilité, d'une sorte de... comment dire ? d'extase altruiste, il nous indiqua du geste au domestique :

— Donnez-leur à boire... occupez-vous d'eux un instant, Luther... Du champagne, Luther, du champagne ! Excusez-moi tous une minute, je reviens tout de suite...

En prenant le plus court chemin pour gagner la porte, il passa près de l'endroit où j'étais assise et dans sa joie aveugle — aveugle, oui, autrement comment expliquer ce geste ? — il se pencha vers moi et déposa un baiser sur mes cheveux.

Et dans la galerie, il se mit à courir. Elle était longue, mais il courut jusqu'au bout. Puis ses pas s'arrêtèrent, il était arrivé, il lui parlait, à *elle*.

Je demeurai assise très droite sur mon fauteuil, immobile, comme si je craignais de renverser une seule goutte du champagne que Luther était en train de me servir.

Aucun de nous ne parla.

Puis il y eut un bruit sourd, là-bas, du côté où la course s'était terminée... comme lorsque quelque chose tombe par terre... ou qu'un fauteuil se renverse...

Luther releva vivement la tête. Puis il gagna en hâte les marches et regarda dans la galerie. L'instant d'après, il avait disparu à nos yeux.

Nous demeurâmes en attente, notre coupe de champagne à la main.

Comme cela se prolongeait, Joan s'approcha du somptueux poste de radio et en étudia le cadran, mais revint s'asseoir d'un air désœuvré sans l'avoir allumé.

Dix minutes avaient dû s'écouler depuis la disparition du domestique, quand Dwight nous rejoignit d'un pas un peu las, un peu raide.

Sur sa tempe, juste derrière l'œil, il y avait un petit carré de sparadrap.

— Je me suis cogné la tête, sourit-il, et Luther a voulu absolument me mettre un pansement. Je suis navré de vous avoir abandonnés aussi longtemps.

Mais son visage était trop blême, trop tiré. On n'a pas l'air aussi mal en point lorsqu'on s'est simplement cogné la tête. Et son regard...

« C'était pour lui dire adieu... » pensai-je.

Je bus une gorgée de champagne. C'est drôle la rapidité avec laquelle ce vin agit... Il suffit d'une petite gorgée pour vous égayer, vous faire voir la vie en rose...

Luther apportait un verre à son maître. Je vis que c'était un verre de cognac, et bien tassé. Cela tenait du vulnéraire beaucoup plus que du digestif.

Dwight regarda d'un air de doute le verre que lui présentait le domestique, puis leva les yeux vers

Luther, comme pour lui demander conseil, comme s'il n'était plus capable de décider lui-même :

— Ça n'y changerait pas grand-chose, hein ? l'entendis-je dire presque à voix basse.

— Non, en effet, convint posément Luther.

Le domestique s'éloigna avec le verre, mais dut le poser quelque part, car il ne le tenait plus lorsqu'il sortit de la pièce.

Nous essayâmes de ranimer la conversation en enchaînant. Son instinct humanitaire brusquement réveillé, Joan elle-même s'y employa :

— Tenez, voici une excellente idée de nouvelle, dit-elle en se penchant en avant. Comme je n'en ferai rien, autant que vous en profitiez. Bien que je vous la refile sous son nez, je suis sûre qu'Annie ne verra pas d'objection à ce que vous l'employiez. Et le plus curieux, c'est que, à ma connaissance, personne n'a encore songé à l'utiliser.

— Tu te vantes, glissa le Chiffreur.

— Toi, tais-toi ! lui lança-t-elle cordialement. Puis, faisant de nouveau face à Dwight, elle pointa sa cigarette vers lui pour capter son attention :

— Imaginez un homme absolument sans reproche, n'ayant jamais été mêlé à quoi que ce soit, puis faites-le...

Moi, j'observais Dwight, me demandant si nous étions en train de nous montrer charitables ou cruels.

— Ne croyez-vous pas que nous ferions mieux de partir maintenant ? suggérai-je, quand Joan eut fini d'exposer son sujet dont je me rendais bien compte qu'il n'avait pas entendu un seul mot. Mais Joan n'avait pas escompté qu'il l'écouterait ; cela aussi, il me suffisait de la regarder pour le comprendre.

— Non, ne partez pas déjà ! s'exclama-t-il d'un ton

192

presque alarmé, en se redressant. Attendez encore un peu, dites? Cela me fait tant de bien de vous avoir autour de moi. Je me sens si...

Il n'acheva pas, mais je devinai le mot : « *seul* ».

D'un commun accord, nous restâmes. Même le Chiffreur s'interdit de regarder sa montre, geste par lequel il avait l'habitude de harceler Joan n'importe quand, n'importe où... sauf chez eux.

Si nous étions partis à ce moment-là, c'eût été comme quitter une salle de théâtre lorsque se lève le rideau mais, bien entendu, nous l'ignorions.

Soudain, le drame nous environna comme un éclair de magnésium.

Luther réapparut, s'approcha de Dwight et, se penchant, lui dit quelque chose que, cette fois, je ne pus entendre.

Dwight le regarda, d'abord avec une expression de totale incrédulité, puis avec consternation :

— Non? Ici? fit-il.

Luther acquiesça.

— *Avec* lui? entendis-je encore et je le vis grimacer comme sous l'effet d'une vive douleur.

— Bon, dit-il finalement tandis que sa main esquissait un brusque petit geste d'acquiescement. Soit !

Je compris alors.

Elle avait un autre homme dans sa vie : c'était ça qu'elle lui avait annoncé au téléphone, ça qui l'avait terrassé.

Mais ce n'était pas tout : elle venait avec cet autre homme.

Dwight était un mauvais acteur. Non, je ne

193

devrais pas dire cela. Nous étions, en quelque sorte, dans les coulisses et, vu de là, un acteur paraît toujours mauvais.

Il se leva et se dirigea rapidement vers l'endroit où Luther avait déposé le grand verre de cognac. Il nous tournait le dos et je ne le vis pas boire, mais quand il reposa le verre, celui-ci était vide. Il en avait avalé le contenu d'un trait, sans reprendre sa respiration.

Non, décidément, ce n'était pas à titre de vulnéraire qu'il absorbait ce cognac, mais comme anesthésique.

Il toussa un peu, porta un mouchoir à sa bouche, puis à son front, après quoi il nous rejoignit. Il se laissa tomber sur le bras du canapé où j'étais assise et alluma une cigarette, non sans quelque difficulté car ses mains tremblaient légèrement. Maintenant, il était prêt pour le dernier acte, le rideau pouvait se lever.

Et ce fut juste à ce moment-là que Luther parut en haut des marches pour annoncer :

— Mr et Mrs Stone.

Alors, brusquement, sans le moindre préambule, Dwight se trouva en pleine conversation avec nous :

— Et il y a encore un autre collaborateur de votre magazine dont j'aime beaucoup les œuvres, Annie... Ah ! comment s'appelle-il donc, déjà ? fit-il avec un claquement de doigts. Vous savez, l'auteur de cette histoire où il y avait un interne rouquin et une infirmière facétieuse qui...

— Springer ?

— Oui, c'est ça, Springer !

Je sentais son poignet trembler légèrement, mais il était hors de vue, derrière mon épaule... Oh ! uniquement parce qu'il avait besoin de s'appuyer contre

194

le dossier du canapé. Je comprenais bien que son contact avec moi était involontaire.

Nous n'eûmes pas à poursuivre plus longtemps cet entretien impromptu, car elle parut en haut des marches, sur le minuscule palier, suivie de son mari. Mais ce dernier ne comptait pas.

Elle avait l'habitude de cette entrée si particulière. Elle savait comment en tirer le meilleur parti, combien de temps il convenait de s'immobiliser en haut des marches avant de descendre dans la pièce. Elle n'ignorait rien de ce qu'il fallait faire pour tuer Dwight. Ou plutôt, comme elle s'était déjà chargée de le faire en lui téléphonant au préalable, je devrais dire qu'elle savait comment lui faire une injection d'adrénaline qui, en le ranimant, lui permettrait de le tuer à nouveau. Je ne pouvais m'empêcher de penser qu'aimer cette femme comme il l'aimait avait dû faire de sa vie une longue succession d'agonies. Et, derrière mon épaule, je sentis le poignet rebondir légèrement, comme sous une brusque accélération du pouls.

On eût dit un mannequin présentant un manteau de vison. Avec de bons yeux, on pouvait même déchiffrer l'étiquette : « Au plus haut enchérisseur, n'importe quand, n'importe où ».

Et je me dis : « La voilà, la fille qui l'a accaparé lorsque tu étais sur le point de lier conversation avec lui, celle qui te l'a pris. »

Sa photo, n'étant pas en couleurs, laissait ignorer qu'elle avait la peau semblable aux pétales d'une rose fraîchement éclose, des yeux bleus, des cheveux d'or. Mais, à mon goût, la photo avait un avantage : elle ne respirait pas.

Elle portait, avec la désinvolte aisance d'un mannequin, un manteau de vison somptueux que, d'une main, elle maintenait ouvert juste ce qu'il fallait, pour laisser voir une robe du soir en satin blanc. Le décolleté en V descendait trop bas... Mais non, pas pour elle : il lui fallait bien tirer parti de tout ce qu'elle avait. Le tableau était complété par un double rang de perles autour du cou et des boucles d'oreilles en diamants.

Qui m'expliquera jamais pourquoi ils ont, tous tant qu'ils sont, si mauvais goût en matière de femmes ?

Elle descendit enfin les marches, s'avança vers nous en se déhanchant légèrement, accompagnée par son parfum.

En moi-même, je protestai : « Ce n'est pas possible ! Il doit y avoir autre chose que ce que je vois ! Pour qu'il se soit effondré au téléphone, pour qu'il ait dû boire d'un trait un grand verre de cognac, pour que j'aie senti son pouls s'accélérer contre mon épaule, elle *devait* avoir autre chose. »

J'attendis que cette chose se révélât, mais en vain. Il n'y avait pas autre chose que ce qu'on pouvait embrasser du premier coup d'œil et qui comprenait principalement un manteau de vison, un collier de perles, des boucles d'oreilles en diamants, et un profond décolleté.

C'était le genre de fille qui fait se retourner les hommes dans la rue et siffler les titis.

Tout en continuant d'avancer, elle tendit les deux mains vers Dwight.

Celui-ci quitta alors le bras du canapé et le masque qu'il portait exprima la surprise, comme si, trop absorbé par la conversation, il n'avait pas pris garde à cette arrivée. Mais le masque n'était pas assez étroitement appliqué pour qu'on ne devinât, derrière lui, la pâleur et l'effort.

— Billy! gazouilla-t-elle.

Ses deux mains saisirent celles de Dwight, puis lui écartèrent les bras, les rapprochèrent, les écartèrent de nouveau.

Ainsi donc, elle l'appelait Billy. Ça ne me surprenait aucunement de sa part. Ça devait même être « Billy-boy » quand elle ne se trouvait pas en présence de trois personnes totalement inconnues.

— Pernette, dit-il d'une voix lente et grave qui semblait sourdre à travers le masque.

Deux des mains se séparèrent, puis les deux autres. Comme celles de Dwight furent les premières à se détacher, l'impulsion dut venir de lui.

— Qu'est-il arrivé? demanda-t-elle alors. Nous avons été coupés.

Je la vis regarder le morceau de sparadrap.

— Billy! s'écria-t-elle d'un air ravi. Serait-ce que vous vous êtes *évanoui?* Cela vous a donc causé un tel choc?

Elle eut un coup d'œil à l'adresse de son suivant, comme pour lui signifier : « Tu vois quel effet j'ai encore sur lui? » Je lus dans ce coup d'œil à livre ouvert, tant il irradiait de vanité triomphante.

Le zéro en question achevait seulement de la rejoindre, car il avait traversé la pièce plus lentement. Il était beaucoup plus jeune qu'eux deux et surtout que Dwight. Vingt-trois ou vingt-cinq ans, une masse de cheveux noirs — un peu trop huileux pour mon goût — soigneusement brossés en arrière, des sourcils épais, et cette sorte de barbe qui laisse un reflet bleu sur les joues, même lorsqu'on s'est soigneusement rasé. Il était beau, de la beauté qu'on voit à certains « pizzaioli » ou à des portiers de théâtre. Son visage appelait un bonnet de police blanc ou une casquette à galon fantaisie, crânement incliné sur l'oreille, et quelque chose me disait qu'il n'avait dû perdre ce complément que très récemment. Ainsi coiffé, et capable de débiter des compliments plus ou moins salés, c'était le genre d'homme dont peut s'amouracher une lycéenne de dix-sept ans.

La main de sa femme se posa sur son épaule et le poussa en avant, lui faisant ainsi franchir le dernier pas, ce que quelque complexe social l'eût empêché de faire tout seul.

— Laissez-moi vous présenter mon tout nouveau mari. Je tenais absolument à ce que vous fassiez connaissance.

Puis, avec un geste impérieux :

— Allons, serrez-vous la main ! Ne soyez pas timides ! Dwight Billings... Harry Stone... *Mon* Dwight et *mon* Harry.

Les deux hommes se regardèrent.

Le regard de Dwight vrilla littéralement celui de l'autre et il me semblait voir de la sciure s'échapper de cette contrefaçon d'homme.

L'insulte, ça n'était pas tellement qu'elle lui en eût préféré un autre, mais qu'elle lui eût préféré *ça*.

Il y eut un instant d'attente qui se prolongea juste assez pour avoir un sens. On pouvait l'interpréter à sa guise. Finalement, Dwight secoua vigoureusement la main de l'autre.

— Vous êtes un très, très heureux jeune homme.

Je me demandai quel mot il eût aimé substituer à « homme ».

— J'ai le sentiment de vous connaître déjà, répondit niaisement le mari. J'ai tellement entendu parler de vous par Pernette.

— C'est très aimable à elle, dit sèchement Dwight.

Je me demandai où elle avait bien pu le dénicher. Dans un milk-bar peut-être ? En tout cas, ils étaient parfaitement assortis. On pouvait dire qu'ils faisaient la paire.

C'était entre elle et Dwight qu'il y avait une différence. La ligne les séparant — qui était celle de la distinction — semblait la partager en deux. Le manteau de vison, le collier et les boucles d'oreilles appartenaient au côté Dwight, mais elle-même se rattachait à l'autre côté. Elle n'avait pas réussi à opter pour l'un ou l'autre côté, tandis que son mari, pour aussi vulgaire qu'il fût, se contentait d'être ce qu'il était.

Dwight fit ensuite les présentations, ne se doutant pas que je la connaissais mieux que lui ou quiconque la connaîtrait jamais, avec une impitoyable lucidité qu'il ne pouvait avoir.

Je me rendis compte que Joan eût éveillé en elle un intérêt antagoniste, si son titre de femme mariée n'était aussitôt venu la rassurer. Quant au regard de la tête aux pieds dont elle me gratifia, il montrait clairement qu'elle n'arrivait pas à voir quel intérêt je pouvais offrir aux yeux de Dwight, ni ce qu'une femme comme moi faisait là.

— Oh ! oui, dit-elle, une amie que vous avez dans les affaires ?

— Non ! une amie tout court, rectifia-t-il d'un ton ferme.

Et mon cœur bondit de joie. Bravo ! pensai-je. Si vous ne m'aimez pas, du moins, ne me reniez pas complètement.

— Apportez à boire pour Monsieur et Madame… dit-il par-dessus nos têtes en s'adressant à Luther.

Il n'était pas encore arrivé à retenir le nom ou ne voulait pas l'avoir retenu.

— Stone, compléta le mari avec embarras, au lieu de laisser cet embarras retomber sur Dwight.

Elle, du moins, se sentait parfaitement à l'aise :

— Pour moi, comme d'habitude, Luther. Mes goûts n'ont pas changé. Et comment allez-vous, au fait ?

Luther s'inclina et répondit froidement qu'il allait très bien, mais elle n'avait même pas attendu la réponse et lui tournait déjà le dos.

Quand le verre lui fut apporté, elle s'était installée sur le canapé, comme s'il lui appartenait, et l'appartement avec. On sentait qu'elle avait dû s'asseoir souvent là. Elle but une gorgée et eut un hochement de tête approbateur à l'adresse de Luther :

— Parfait, comme toujours.

Dwight s'employa à isoler le mari et le traquer jusqu'à ce qu'il se trouvât adossé à un mur. La manœuvre fut exécutée avec beaucoup d'élégance, mais j'en pus suivre la progression pas à pas. Alors, il lui demanda :

— Au fait, dans quoi êtes-vous, Stone ?

Le mari cafouilla lamentablement :

— Eh bien… euh… pour l'instant… à vrai dire.

Elle fut immédiatement sur la brèche, abandonnant Joan au beau milieu d'une phrase :

— Actuellement, Harry cherche une situation, et je tiens à ce qu'il prenne son temps.

Elle ajouta vivement, juste un peu trop vivement :

— Oh ! à propos… cela me fait penser qu'il y a

quelque chose dont il faudra que je vous parle avant
de m'en aller, Billy.

Puis elle s'en revint vers Joan.

Cela m'apprit pourquoi elle avait amené ainsi son
mari avec elle. Non point pour en faire parade, ni
pour se montrer inutilement cruelle. Elle avait simplement pensé que la poule aux œufs d'or pouvait aussi bien pondre pour eux deux que pour elle
seule.

Dwight souffrait atrocement et, quand la douleur
dépasse ce qu'on peut endurer, on est porté à vouloir
faire souffrir aussi :

— Où êtes-vous allés pour votre lune de miel,
Pernette ?

Elle prit un temps, comme si la réponse demandait
à être pesée et, de fait, c'était le cas.

— Nous sommes allés au lac Arrow.

Dwight se tourna vers le mari :

— C'est très beau, n'est-ce pas ? Ça vous a plu ?

Puis, sans attendre la réponse dont il ne se souciait
d'ailleurs aucunement, il fit de nouveau face à la
femme :

— Comment est le vieux chalet ? Emil y est
toujours ?

Là encore, elle prit un temps :

— Emil y est toujours, dit-elle à contrecœur.

— M'avez-vous rappelé à son souvenir ?

Cette fois, elle mit plus longtemps encore à répondre :

— Non, dit-elle enfin, presque dans son verre. Et
il ne m'a pas parlé de vous.

Il secoua la tête et émit un petit clappement de
langue :

— Ah ! quel oublieux ! A-t-il au moins pensé à

changer l'affreux papier peint de la chambre du coin ?

Et de m'expliquer, à moi :

— Il se proposait toujours de le faire, car c'était un papier d'un jaune atroce, donnant en outre l'impression qu'on avait vomi dessus un peu partout !

Rapide volte-face :

— Vous vous rappelez, Pernette ?

Alors, elle s'adressa à son mari :

— Oui, une fois nous nous sommes trouvés là-bas en même temps. J'y étais allée pour mes vacances et Billy aussi. Billy avait cette chambre si horriblement tapissée...

— En même temps, me sembla-t-il entendre Dwight murmurer.

— Je sais, tu me l'avais dit, répliqua le mari avec gêne.

Je le vis battre des paupières. Ce n'était pas qu'il ignorait la chose : c'était qu'il ne voulait pas être forcé d'en convenir ainsi, publiquement.

Lorsqu'ils furent sur le point de partir, je les observai attentivement. Une fois qu'on se fut dit au revoir en exprimant un plaisir qu'aucun n'avait ressenti, le mari disparut le premier dans la galerie, tel un acteur bien entraîné qui sait à quel instant précis il doit laisser la scène à la vedette. Elle s'attarda le temps d'aller reprendre son sac de lamé, de vérifier son maquillage dans le petit miroir du rabat. Puis, tout à coup, comme si cela lui revenait seulement à l'esprit :

— Oh !... Puis-je vous parler un instant, Billy ?

Ils allèrent à l'écart, dans un coin de la pièce, et leurs voix devinrent inaudibles. Il fallait interpréter leurs attitudes.

Je ne les regardai pas, parlant avec animation à Joan, mais pas un seul de leurs gestes, ni de leurs moindres changements d'expression ne m'échappa. Et je n'avais pas besoin d'entendre ce qu'ils disaient.

Tout en parlant, elle se tourna un bref instant vers l'ouverture de la galerie.

Il était question de son mari.

Elle saisit entre ses doigts un bouton du smoking de Dwight, le tortillant un peu.

Lui demandant quelque faveur, elle faisait du charme.

Elle se tut et ce fut à lui de parler.

Il secoua presque imperceptiblement la tête, mais il le fit sans hésitation aucune. Refus. Sa main se porta vers la poche arrière du pantalon, puis reprit sa position première. La poche qui contenait son portefeuille.

De l'argent pour le mari.

Le dialogue était maintenant terminé. L'un et l'autre avaient fini de parler. Il n'y avait plus rien à dire.

Elle paraissait complètement désemparée. Pareille chose ne lui était encore jamais arrivée avec lui. Elle ne savait plus que faire.

Ce fut lui qui esquissa un pas en avant, dans le même temps qu'il lui effleurait le bras pour la guider, et ils se rapprochèrent de nous tandis que leurs voix devenaient à nouveau audibles :

— Eh bien... bonsoir, Billy, dit-elle gauchement, car elle n'était pas encore remise de sa déconvenue.

— Ça ne vous fait rien que je ne vous reconduise point jusqu'à la porte, n'est-ce pas ?

Il tenait à éviter ce parcours en tête à tête, durant

lequel elle n'eût pas manqué de renouveler sa demande, de façon plus pressante.

— Je connais le chemin, répliqua-t-elle.

Et lui se pencha vers moi, en me disant avec sollicitude :

— Pardonnez-moi de vous avoir abandonnée...

Seulement je me rendais bien compte qu'il me regardait sans me voir. Pour l'instant, je l'avais tout à moi. Du moins, en apparence.

Mais ce serait bref, car la pièce n'était pas encore terminée. Ce n'était qu'un entracte.

Brusquement, par-dessus l'épaule de Dwight, je la vis reparaître à l'autre extrémité de la pièce, riant d'un air indulgent, comme quelqu'un s'amusant sans rancune d'un bon tour qu'on lui a joué.

Il tourna la tête.

— Billy, voulez-vous parler à Luther, je vous prie ? Je ne sais ce qu'il a... Trop bu, peut-être ? Je n'arrive pas à obtenir de lui qu'il me rende mon manteau.

Et, de nouveau, elle égrena son rire.

Dwight éleva un peu la voix — très peu — pour appeler Luther. Plus tard, quand j'y repensai, je compris que cela n'était pas improvisé. Luther, en effet, se matérialisa presque aussitôt près de Pernette, tenant le manteau de vison à deux mains, la doublure en avant... Comme quelqu'un qui attendait en coulisse le moment d'entrer en scène.

— Luther, que faites-vous donc ? questionna aimablement Dwight. Est-ce le manteau de Mrs Stone que vous tenez ?

Et avant qu'elle eût pu dire : « Bien sûr que c'est mon manteau ! », comme elle s'apprêtait visiblement à le faire, il ajouta :

— Vous n'avez qu'à lire le nom inscrit sur l'étiquette cousue sur la doublure.

Luther déchiffra l'inscription entre les plis du satin :

— Miss Pernette Brady.

Il y eut une pause, au cours de laquelle nous comprîmes, et elle aussi. Puis, brusquement, Luther s'éclipsa de nouveau dans la coulisse avec le manteau. Tandis qu'elle demeurait en haut des marches à ne savoir que faire, Dwight s'approcha d'un secrétaire dont il rabattit la tablette pour écrire rapidement sur une carte :

— Pernette, dit-il, je désire vous donner quelque chose...

S'approchant d'elle, il lui tendit la carte :

— Tenez, emportez ça.

Peut-être le mot « *donner* » lui avait-il rendu espoir, je ne sais. Elle prit la carte de visite et la déchiffra d'un air surpris, cependant qu'il reprenait sa position première, près de moi.

— C'est pour quoi faire ? questionna-t-elle.

— Je lui téléphonerai demain matin et lui demanderai un rendez-vous à votre intention, expliqua posément Dwight. Vous n'aurez qu'à aller lui parler et cette affaire sera réglée en un rien de temps.

Elle n'avait pas encore compris :

— Mais qui est-ce ?

Il ne répondit point, la laissant trouver elle-même la réponse. Quand ce fut fait, elle balbutia :

— Mais pourquoi faut-il que j'aille voir votre avocat ?

— Vous pouvez avoir quelque chose à lui dire, suggéra-t-il d'un air détaché.

Moi, je n'avais pas besoin de la carte pour comprendre : un divorce.

Je vis la colère enflammer les yeux de Pernette. Elle lui donna un avertissement, mais un avertissement qui venait déjà trop tard pour empêcher l'éclat imminent :

— Ce n'est pas drôle, Billy.

— Non, en effet, convint-il tristement. Mais je ne cherche pas non plus à être drôle.

Les doigts aux ongles vernis esquissèrent deux ou trois petits mouvements rapides et semèrent de menus morceaux de bristol.

— Réfléchissez, dit-il, une seconde trop tard.

— C'est tout réfléchi, lança-t-elle, avant de tourner la tête de côté puis, de nouveau, vers lui : Est-ce que Luther va me donner mon manteau ?

— Revenez le chercher quand vous voudrez, répondit posément Dwight. Il vous attendra ici.

La voix de Pernette devint rauque :

— Alors, soyons logiques, voulez-vous ? Vous pensez m'avoir donné une leçon. Eh bien, c'est moi qui vais vous la donner !

Ses doigts s'activèrent fébrilement derrière sa nuque. Les perles coulèrent dans son décolleté ; elle les y retint d'un geste vif, puis, les recueillant au creux de la main, elle les jeta. Sans doute parce qu'elles ne pesaient pas suffisamment, elles manquèrent le visage de Dwight, mais vinrent frapper, avec un léger cliquetis, le plastron de sa chemise.

— Pernette, j'ai des invités ici que nos dissensions intimes n'intéressent aucunement.

— Vous auriez dû y penser plus tôt ! rétorquat-elle, les mains aux oreilles. Vous avez voulu leur montrer que vous m'aviez fait des cadeaux, hein ? Eh bien, ne vous donnez pas cette peine : je m'en charge !

Les deux boucles d'oreilles vinrent échouer aux pieds de Dwight, l'une plus proche que l'autre.

Elle, en pleine rage, ne se possédait plus. Lui demeurait calme, parfaitement maître de soi et, des deux, c'était lui le plus dangereux.

— Vous ne pourrez pas poursuivre cela jusqu'au bout...

Son visage était crayeux, mais il demeurait immobile et n'élevait pas la voix.

— Ah ! vous croyez cela ! Vous pensez que la présence de ces gens va m'empêcher de continuer ? Eh bien, je vous le dis : ils peuvent aller au diable, et vous avec ! Je m'en vais vous montrer ce que je pense de vous !

Sa rage était au paroxysme. Il y eut un bruit de satin déchiré et la robe se détacha d'elle. Alors, d'un coup de sa longue jambe gainée de nylon, elle l'expédia en bas des marches.

Je me rappelle avoir pensé qu'elle avait un corps magnifique, tandis que nous restions tous pétrifiés sur place.

— Baisse les yeux, chéri, entendis-je Joan intimer au Chiffreur en un aparté de théâtre. Je te dirai quand tu pourras de nouveau regarder.

L'espace de quelques secondes, elle se tint devant nous, statue de chair à laquelle adhérait encore quelques lambeaux de lingerie, tandis qu'il lui disait avec un calme imperturbable :

— Revenez, Pernette...

Il ne disait pas cela pour le présent, bien sûr, puisqu'elle était encore là. Il parlait pour l'avenir, un très proche avenir.

— Toutes ces choses demeureront ici à votre disposition.

Quelque insulte s'étrangla dans sa gorge et elle quitta le palier en courant.

Il éleva alors la voix, sans colère, juste pour pouvoir être entendu de loin, mais pas par elle :

— Luther, cet imperméable qui est dans le hall... Mettez-le-lui. Ne la laissez pas sortir ainsi... Il fait plutôt froid ce soir.

A l'autre bout de la galerie, une porte claqua rageusement.

Aucun de nous ne parla. Qu'aurions-nous pu dire après une pareille scène ?

Il ne chercha pas à s'excuser, ne fit même aucune allusion à ce qui venait de se passer, et j'appréciai cette attitude. Nous avions tous été témoins de la chose. Alors, à quoi bon épiloguer là-dessus ?

Au terme du long silence qui suivit, Joan fut la première à reprendre la parole. Et ce qu'elle me dit parut si comiquement hors de propos que je faillis éclater de rire :

— Maintenant, fit-elle de son ton le plus femme du monde, je crois vraiment que nous devrions nous retirer.

Après ça, je pense qu'il s'écoula un intervalle de cinq à six semaines... Oh ! pourquoi mentir ? Pourquoi écrire ceci, si je ne dois pas être d'une entière franchise ? La vérité, c'est que j'ai compté les semaines, les jours, les heures ! Au moins une fois par jour, je me disais : « Je ne l'ai pas revu depuis cette explosive soirée et cela fait aujourd'hui encore un jour de plus. »

Oui, six semaines s'écoulèrent ainsi, sans que Dwight ne donnât signe de vie. Pas un mot. Rien.

S'était-il remis avec elle ? Etait-il, au contraire, avec quelqu'un de totalement différent ? Etait-il seul, sans personne ? Où était-il ? Que faisait-il ? Avait-il quitté New York ?

Finalement, je n'y pus tenir davantage et je lui envoyai une petite lettre. Oh ! une petite lettre très commerciale, comme aurait pu en envoyer n'importe quel rédacteur en chef soucieux de ne négliger aucune source possible de copie.

... Cela fait quelque temps que nous n'avons rien reçu de vous.

Nous sommes toujours amateurs de textes susceptibles de convenir à nos lecteurs. Nous pouvons vous promettre une prompte réponse et, en cas d'acceptation, paiement immédiat.

Une lettre d'affaires, quoi, entièrement rédigée à la première personne du pluriel. Je l'avais dictée et je l'avais signée avec quantité d'autres (mais ma main avait tremblé en arrivant à celle-là, et il y avait une petite tache sur la feuille). Ce n'était pas moi qui l'avais timbrée, ni mise à la poste.

Une lettre où je cherchais à me mentir à moi-même.

J'étais en train de corriger des épreuves, le lendemain après-midi, quand le téléphone sonna près de moi. Je puis y répondre en continuant à me servir de mes deux mains pour écrire et tourner les pages : il me suffit de coincer le combiné au creux de mon épaule.

— Mr. Dwight Billings vous demande, me dit Mary.

Ce fut la débâcle.

Je laissai tomber le combiné, cassai la mine de mon crayon et perdis ma ligne sur la feuille d'épreuve, tout cela en même temps.

Enfin je ressaisis l'appareil et j'entendis sa voix. Peu m'importait ce qu'il disait, du moment qu'il me parlait.

— ... deux choses en train, mais à chaque fois je me suis trouvé coincé. Alors, à quoi bon ? Je ne suis sans doute pas fait pour devenir un écrivain.

— Ne renoncez pas ! Je vous en prie, ne renoncez pas !

Seigneur ! Avais-je besoin de prendre un ton aussi suppliant ? On aurait cru que ma vie en dépendait... Ma foi, c'était à peu près ça. Nous n'avions de relations que par l'entremise du magazine. Une fois ce lien rompu, que me resterait-il ?

— Y a-t-il quelque chose que je puisse faire ? implorai-je. Cela vous aiderait-il que vous m'exposiez votre sujet et que nous en discutions ? Parce que, dans ce cas, je suis à votre entière disposition.

Alors, il dit :

— Je n'ose pas vous demander de revenir, à vous et aux Medill, après ce qui s'est passé la dernière fois.

— Osez, fis-je d'une voix faible. Osez donc !

— Vraiment, vous accepteriez ? Alors, dînons tous ensemble et...

Environ un quart d'heure plus tard, Joan entra dans mon bureau pour voir si j'avais fini de corriger les épreuves. J'en étais toujours à l'endroit où la mine de mon crayon s'était cassée.

— Dwight Billings vient de téléphoner, l'informai-je, en essayant de tracer une virgule omise, avec le bois du crayon.

Elle dit alors une chose assez étrange dont j'aurais pu m'offenser, mais elle le fit avec tant de douceur et de compréhension qu'il ne me vint pas à l'esprit de prendre sa remarque en mauvaise part :

— Je sais, dit-elle. Ça se voit.

Elle remit le combiné du téléphone, dans la bonne position, de façon que je n'aie pas l'écouteur près de la bouche lorsque je le reprendrais, se baissa pour ramasser deux ou trois feuilles d'épreuve qui gisaient sous le bureau, retira une cigarette bleuie de mon encrier et récupéra mon porte-plume dans le cendrier.

— En entrant, j'ai pensé : Mr. Billings a téléphoné, ou bien alors un cyclone vient de balayer la 53e Rue.

— Il se trouve bloqué dans son travail. Il aimerait que nous allions dîner chez lui mercredi, afin de voir si nous pouvons l'aider à sortir de cette impasse. J'aurais peut-être mieux fait de refuser...

— Non, tu as eu raison d'accepter, murmura-t-elle. Je crois que ça nous fera du bien.

En cet instant, j'eus l'impression que, de nous deux, c'était elle l'aînée.

Nous retournâmes donc là-bas tous les trois, pour avoir un nouvel aperçu de son existence.

Il était seul. Mais dès que je le vis, mon cœur mit ses espoirs en berne. Il était trop heureux. Ses yeux brillaient, son visage rayonnait ; il y avait de l'amour à proximité, même s'il n'était pas en vue pour l'instant. Dwight se montra charmant et plein d'entrain.

Si je ne l'avais pas connu autrement, j'aurais pu

croire qu'il était toujours ainsi. Donc, il était seul, seul avec Luther, et nous ne fûmes que quatre à table, un sur chaque face du carré qu'elle formait, avec au centre des bougies et un modèle réduit de trois-mâts.

Quand nous nous levâmes de table, je me rappelle que nous nous appariâmes de façon incongrue. Cela ne se fit certainement pas de propos délibéré, car je n'eusse pas manœuvré en ce sens, ni lui non plus, et le Chiffreur encore moins, qui ne prémédite jamais rien. Ou alors, ce fut l'œuvre de Joan...

Je crois me souvenir qu'elle avait passé son bras sous le mien, ce qui me retenait près d'elle, puis s'était de nouveau penchée sur la table pour grappiller du raisin ou je ne sais quoi, ce qui amena les deux hommes à se tenir compagnie. En tout cas, ils sortirent les premiers, tout en continuant de converser, et ils prirent de l'avance, car Joan marchait avec une extrême lenteur.

Elle s'arrêta d'ailleurs au milieu de la galerie, alors que les deux hommes étaient déjà entrés dans le living-room.

— J'ai le sentiment qu'un de mes bas a filé, dit-elle. Je n'ai aucune confiance dans cette nouvelle marque.

Mais, dans le même temps, elle me donna un coup de coude et ouvrit la porte la plus proche. Je la suivis donc docilement, puisque c'était apparemment ce qu'elle désirait.

Elle alluma et un grand lit surgit à nos yeux.

— Mais c'est sa chambre ! protestai-je en reculant instinctivement sur le seuil (un quart de délicatesse, trois quarts de timidité).

— Oh ! tu crois ? fit-elle sans sourciller en se

212

dirigeant vers la coiffeuse. Je la vis presser la poire
d'un vaporisateur qu'elle braqua dans ma direction :
Ma griffe de Carven, déchiffra-t-elle sur l'étiquette.
C'est un parfum d'homme maintenant ?

Je ne lui répondis pas. Mais, aussi bien, elle ne
m'avait pas posé de question.

S'approchant d'un miroir en pied qui était la porte
d'un placard, elle fit mine de justifier son intrusion
dans la chambre, relevant le bas de sa robe, regardant une de ses jambes, puis l'autre. Après quoi,
lâchant l'étoffe, elle saisit délibérément le bouton de
verre taillé qui ouvrait le placard.

— Joan, dis-je, ne fais pas ça !

Mais rien, ni personne n'aurait pu l'en dissuader.

— Des vestons et des pantalons ! implorais-je en
moi-même. Des pardessus, des cravates...

Joan ouvrit la porte toute grande et s'effaça même
de côté en me regardant, pour que je pusse bien voir.

Satins, lamés, imprimés fleuris et au milieu,
comme une reine parmi ses dames d'atour, le
manteau de vison.

Puis il y eut un éclair devant mes yeux : la porte-
miroir avait été refermée.

— Allons les rejoindre, dit simplement Joan.

Mais il me semblait encore voir, à travers la porte
et le miroir, la sombre richesse du vison avec, en
surimpression, un visage d'une intense tristesse. Le
mien.

Joan éteignit et m'entraîna. Je me rappelle que la
chambre était obscure quand nous la quittâmes.

Joan avait passé un bras autour de ma taille,
comme pour me soutenir.

J'en avais besoin.

— Réglez donc le poste sur le concert symphonique, Luther, suggéra-t-il à un moment donné. Ce doit être l'heure.

Je me demandai pourquoi il s'intéressait ainsi à cette retransmission.

Les accents d'un rock and roll parvinrent à nos oreilles.

— Si c'est le concert symphonique, dit Joan, l'orchestre semble avoir pris de mauvaises habitudes.

— Luther, sourit-il, que faites-vous ? Je vous ai dit le concert en plein air, qu'on donne au stade...

— J'ai dû me tromper. C'est sur quel poste ?

— A.B.C., je crois.

— C'est bien A.B.C. que j'ai, mais ça ne semble pas être le concert...

— Non, n'est-ce pas ? fit Joan en secouant la tête, comme pour retrouver l'ouïe, après l'intervention particulièrement virulente d'un trombone.

— Téléphonez-leur donc pour savoir ce qui se passe.

Un moment plus tard, Luther revint :

— Ça n'est pas étonnant. Le concert a dû être reporté à cause de la pluie. Il aura lieu demain soir.

— Il ne pleut pas ici, remarqua Joan qui était près de la fenêtre. Serait-ce que vous avez un temps spécial pour Park Avenue ?

— Mais bien sûr, répondit Dwight. (Un peu distraitement, me sembla-t-il, comme s'il pensait à autre chose.) Quelle heure est-il, Luther ?

**

Elle arriva une heure et demie plus tard. Peut-être même deux heures, je ne sais pas. Comme je ne l'attendais point, je n'ai évidemment pas chronométré la chose. S'il l'a fait, lui, ce fut avec une extrême discrétion, car je n'eus conscience de rien et pas une seule fois, après cela, il ne redemanda l'heure à Luther.

Son arrivée appelait plusieurs remarques, en sus du fait qu'elle fut éblouissante, comme elle ne pouvait manquer de l'être n'importe quand et n'importe où. Tout d'abord, elle ne fut pas annoncée. Elle entra simplement, comme quelqu'un se trouvant chez soi. Elle se matérialisa soudain en haut des marches et, après s'y être immobilisée un instant, descendit vers nous.

Ensuite, elle semblait s'être irrémédiablement débarrassée de ce qu'elle avait mis pour sortir, car elle était en robe. Bien sûr, il faisait chaud ce soir-là, mais, en admettant qu'elle n'eût eu besoin ni de chapeau, ni de manteau, ni de gants, elle aurait au moins eu un sac à la main. Aucune femme ne se hasarde jamais au-dehors sans un sac. Mais, quand on rentre chez soi, on le pose immédiatement, on ne l'emporte pas au salon où sont les invités.

Dwight lui avait apporté quelques améliorations, encore qu'elles fussent purement extérieures. Sans doute parce qu'il ne pouvait pas atteindre plus profondément, ou bien alors qu'il lui aurait fallu plus de temps. Sa robe était un peu moins décolletée et elle avait un accent. Je veux dire qu'elle parlait maintenant l'anglais avec une intonation distinguée et comme ça ne lui était pas naturel, pour elle, c'était un accent.

En marchant, elle ne balançait plus les hanches. Je

me demandai s'il était arrivé à ce résultat en lui posant un annuaire téléphonique en équilibre sur la têté, ou bien en lui donnant des tapes au bon endroit jusqu'à ce qu'elle cessât de se dandiner.

A moins qu'elle eût simplement acquis tout cela par mimétisme, en étant amenée à fréquenter plus souvent des gens bien. Après tout, peut-être n'était-ce pas uniquement sur le chapitre pécuniaire qu'elle savait imiter les éponges.

— Vous vous souvenez d'Annie, de Joan, et de Paul, n'est-ce pas ?

— Mais oui, bien sûr ! Comment allez-vous ? s'enquit-elle avec affabilité.

On eût dit la dame du château s'employant avec élégance à nous mettre à l'aise.

— Je suis navrée d'être en retard, mais je suis restée jusqu'à la fin.

— Ah ! oui ? fit-il.

Et je pensai : « Où ? » Puis « *Non !* Ce serait vraiment *trop joli !* »

Mais elle continuait de parler, visiblement désireuse de faire bonne impression et d'éviter cette grave faute mondaine qui consiste à se taire parce qu'on n'a rien à dire. Tous les gens qui ne sont point sûrs d'eux-mêmes vivent dans cette crainte. Aussi le fait de pouvoir parler lui semblait-il plus important que ce qu'elle disait.

— Je n'arrivais pas à m'en arracher. Vous auriez dû venir avec moi, Billy. C'était divin, absolument divin !

Et de lever les yeux au ciel en poussant un profond soupir.

— Qu'ont-ils joué pour commencer ? demanda-t-il.

— Chostakovitch, dit-elle avec l'empressement de qui a, depuis peu, assimilé un mot difficile et tient à en faire étalage.

Je vis frémir les lèvres du Chiffreur, comme s'il allait parler, mais je vis aussi le pied de Joan écraser délibérément le sien, et il demeura muet.

On aurait pu croire qu'elle n'avait rien dit de particulier, car si Dwight parut plus pâle, ce ne fut qu'à la longue. Lorsque sa pâleur devint apparente, la conversation avait changé de sujet, et il était difficile d'en déceler la cause.

Elle dut cependant avoir conscience de quelque chose.

— Ai-je bien prononcé? demanda-t-elle en lui jetant un coup d'œil.

— Oh! à la perfection, lui assura-t-il froidement.

Maintenant, elle se sentait mal à l'aise.

Elle nous en voulait visiblement d'être là, car notre présence l'empêchait de se défendre comme il aurait fallu contre ce danger qu'elle pressentait. Et, bien qu'elle ignorât encore la nature exacte de ce dernier, elle ne pouvait chercher à l'identifier, à cause de notre présence continuelle.

Elle demeura un moment assise, avec le verre qu'il lui avait donné, enroulant et déroulant son collier autour d'un doigt. Puis elle se leva et posa son verre.

— J'ai la migraine, annonça-t-elle en portant deux doigts à ses tempes, pour nous montrer, je suppose, où elle avait mal.

— Chostakovitch me donne aussi toujours la migraine, susurra Joan à son mari.

Pernette lui jeta un bref regard chargé d'hostilité, mais il n'y avait rien qu'elle pût faire. La remarque avait été adressée au Chiffreur seulement et de façon presque inaudible. Presque, mais pas tout à fait.

— Si vous voulez bien m'excuser, dit Pernette.

C'était à Dwight qu'elle parlait, pas à nous. Elle commençait à être un peu effrayée et voulait se sortir de cette situation fausse.

— Mais oui, bien sûr, lui répondit-il très naturellement. Vous n'avez pas besoin de faire de cérémonies avec nous.

Il ne s'était même pas retourné pour lui parler.

Je pensai à la vieille formule espagnole *Aquí tiene usted su casa* (Ma maison est la vôtre). Et c'était probablement tout aussi exagéré dans le cas présent.

— Mais vous venez juste d'arriver, dit le Chiffreur.

Il ne cherchait qu'à se montrer cordial, le pauvre. Il n'était pas, comme nous, entré dans la chambre.

Joan et moi nous contentâmes d'échanger un regard. Je la devinai sur le point de dire : « Oh ! elle n'a pas beaucoup de chemin à faire » et je faillis m'évanouir en la voyant ouvrir la bouche. Mais elle se retint à l'ultime seconde. C'eût été aller trop loin. Je me repris à respirer.

Elle nous souhaita le bonsoir avec gaucherie et, cependant, une nuance de défi. Comme si elle nous disait : « J'ai peut-être été vaincue dans cette escarmouche, mais ça n'est pas fini. Attendez que vous soyez partis et que je me retrouve seule avec lui. Nous verrons alors qui a lieu de pavoiser ! »

Elle alla même jusqu'à lui serrer la main, et je protestai intérieurement : « Oh ! non, voyons. Ça ne se fait pas quand on reste dans le même appartement ! »

Elle gravit les marches, tourna dans la galerie,

disparut à nos yeux, la tête haute, le menton levé, élancée et voluptueuse dans cette robe noire qui collait à son corps. Derrière elle, subsistèrent un instant quelques volutes de la cigarette qu'elle fumait. Puis elles disparurent aussi.

Et parfois c'est tout ce qu'on laisse de soi en ce monde : quelques volutes de fumée, vite dissipées.

Après cela, un total silence persista pendant plusieurs minutes. Mais bien que le résultat fût le même, nous nous taisions chacun pour des raisons différentes.

Dwight, parce qu'il pensait. Le Chiffreur, parce qu'il n'avait rien à dire et que, de toute façon, il avait l'habitude de se taire. Mais Joan et moi, si nous demeurions silencieuses, c'était pour mieux prêter l'oreille. Nous voulions savoir si nous entendrions la porte d'entrée se refermer.

Nous ne l'entendîmes point.

Puis quelqu'un passa dans l'ouverture de la galerie, quelqu'un qui venait des profondeurs de l'appartement, mais se dirigeait aussi vers la sortie. Un homme élégant, dans un costume sobre et de bonne coupe, qui était presque méconnaissable ainsi habillé. Il aurait continué son chemin sans nous déranger, si Dwight n'avait tourné la tête :

— Vous vous en allez maintenant?

— Oui, Monsieur. Bonsoir, Monsieur.

Cette fois, nous entendîmes la porte de l'appartement se refermer. Nous l'entendîmes très distinctement, bien qu'elle n'eût pas été claquée.

— Luther va passer une nuit à Harlem, chaque semaine. Le reste du temps, il couche ici.

— Je parie que, ce soir, il va y avoir plus d'un cœur brisé à Harlem! gloussa Joan.

Dwight secoua la tête :

— Sa mère habite là-bas et c'est elle qu'il va voir. Je suis moi-même allé leur faire visite. Luther étudie le droit... et il m'arrive d'envier la tranquillité de sa vie.

Après cela, nous ne tardâmes pas à nous en aller.

Tandis que nous suivions la galerie d'un pas posé, je regardai une porte en avant de nous. Celle de la chambre où nous étions entrées, Joan et moi. La pièce était éclairée maintenant et non plus obscure comme nous l'avions laissée. Par le léger entrebâillement de la porte, une bande lumineuse venait barrer la moquette.

Comme nous nous rapprochions, la porte fut poussée doucement, silencieusement ; elle était close quand nous arrivâmes à sa hauteur.

Nous attendîmes un moment l'ascenseur et lorsqu'il apparut enfin, il était manœuvré par un vieil homme en bleu de chauffe. En bas, il n'y avait pas non plus de veilleur de nuit.

— Qu'est-il arrivé ? s'enquit Joan avec curiosité. Où sont passés tous ces beaux messieurs dorés sur tranche ?

— Partis, répondit le liftier improvisé. Grève de solidarité. La direction avait congédié l'un d'eux pour insolence, alors, ils sont tous partis voici une heure. Il n'y a pratiquement plus que moi pour s'occuper de toute la maison. Aussi, vous m'excuserez, m'sieur-dames, mais je ne peux pas aller vous appeler un taxi.

De la sorte, Joan et moi demeurâmes plusieurs minutes, seules devant l'immeuble, tandis que le Chiffreur, jouant au sémaphore sur l'un ou l'autre trottoir, partait en quête d'un taxi.

— Elle est restée, soupirai-je.

— Mais pas pour longtemps, m'assura Joan. Je ne lui en donne pas pour vingt minutes. Je suis prête à te parier dix dollars contre cinq que, si tu reviens dans une heure, tu le trouveras seul.

Il aurait peut-être mieux valu qu'elle ne dise pas cela car, pour ce que j'en sais, c'est sans doute ce qui me mit l'idée en tête.

*
**

Quand nous arrivâmes devant chez eux, le Chiffreur descendit le premier et me dit :

— Bonne nuit, Annie.

Mais Joan se pencha vers moi pour m'embrasser et me chuchota à l'oreille :

— Tâche de ne pas trop souffrir, ma chérie.

Et je ne lui demandai pas ce qu'elle voulait dire. Je n'en étais plus là.

Le taxi repartit et je m'absorbai dans mes pensées, si bien que nous devions être arrêtés depuis un moment déjà quand je m'aperçus que nous étions arrivés et que le chauffeur attendait.

— J'ai perdu quelque chose, lui annonçai-je alors. Il va falloir que vous me rameniez.

— Où nous avons laissé les autres personnes ?

— Non, à l'endroit où nous sommes montés.

J'avais perdu quelque chose. Un poudrier d'argent. Ou mon amour-propre. Ou toute fierté. Quelque chose comme ça.

— Vous voulez que j'attende ? me demanda le chauffeur quand nous fûmes parvenus à destination.

— Non, j'aime mieux vous payer que de laisser le compteur tourner tant que je serai là...

— A cette heure-ci, vous risquez d'avoir du mal à dénicher un autre taxi.

Je trouvai qu'il me regardait trop dans les yeux. Cette remarque n'appelait pas qu'il me dévisageât ainsi, de façon si perspicace...

— Gardez le reste, dis-je en baissant chastement les yeux.

Le même vieux en salopette attendait près du bureau du portier.

— Vous n'avez pas besoin de m'annoncer, déclarai-je en allant droit à l'ascenseur. Je redescends tout de suite... J'ai oublié quelque chose...

— Bien, bien, mademoiselle, fit-il avec un peu trop de complaisance, je comprends.

Je lui jetai un regard acéré, mais il s'occupait déjà de la manœuvre. Il me déposa à l'étage de Dwight et s'escamota de nouveau avec sa cabine, tandis que j'allais frapper à la porte de l'appartement.

En attendant, je me regardai dans le grand miroir qui garnissait le mur. Puis, comme l'attente se prolongeait, je me servis à nouveau du heurtoir Louis XVI, en bronze doré, et de façon plus pressante, plus insistante.

Alors, j'entendis sa voix demander : « Qui est là ? ». Il devait être déjà derrière la porte, mais il avait attendu que je frappe de nouveau pour manifester sa présence.

— Annie, chuchotai-je, comme si quelqu'un d'autre risquait de m'entendre.

La porte s'ouvrit, mais avec réticence. Elle ne fut d'abord qu'entrebâillée, puis, quand Dwight me vit, il l'ouvrit de façon normale, mais sans s'effacer pour me livrer passage.

Il avait une robe de chambre dans l'ouverture de

laquelle on voyait son col de chemise déboutonné. Cela me fit un drôle d'effet... un effet... comment dire ? un effet *conjugal*.

Il me sourit, mais de façon un peu tendue :

— Par exemple ! Vous êtes la dernière que je m'attendais à voir... On ne vous a pas annoncée d'en bas...

— N'ayez pas cet air ! Suis-je à ce point effrayante ? ne pus-je me retenir de lui lancer. Vous ne m'avez donc pas entendue vous dire mon nom, à travers la porte ?

— Non... répondit-il, avant de rectifier : Il m'avait bien semblé entendre chuchoter quelque chose, mais je n'en étais pas sûr.

Je ne le crus pas. S'il avait entendu chuchoter, alors il avait entendu mon nom. Mais ce mensonge me fit plutôt plaisir, car il signifiait que mon nom avait déclenché l'ouverture de la porte, laquelle fût restée close pour tout autre. Mais ça, évidemment, il ne pouvait pas me l'avouer ainsi, tout de go.

— Vous ai-je tiré du lit ? m'enquis-je.

Il continua de sourire, mais de façon machinale, comme l'on sourit en attendant que quelqu'un veuille bien s'en aller afin que l'on puisse refermer la porte. Un sourire sans chaleur.

— Non, répondit-il, je me préparais tout doucement à me coucher.

Sa main effleura le revers de satin, comme pour lui confirmer qu'il avait bien sa robe de chambre, puis se porta sur le nœud de la cordelière, pour s'assurer qu'elle était bien nouée.

Il me parut extrêmement pâle, d'une pâleur qui n'était pas naturelle. Tout d'abord, je n'y avais pas pris garde, mais j'en avais de plus en plus conscience.

Je pensai que c'était peut-être dû à l'éclairage du palier et m'effrayai à l'idée que je pouvais avoir la même apparence. Mieux valait entrer sans plus tarder.

— C'est à cause de mon poudrier, dis-je. Je l'ai laissé ici. Je n'en ai que pour une minute... Mais, sans lui, je me sens toute nue !

L'image me plaisait. C'était à dessein que je l'avais choisie.

— Où sont les autres ? questionna-t-il tandis que son regard dérivait jusqu'à la porte de l'ascenseur, puis revenait se poser sur moi.

— Je les avais déjà déposés chez eux. C'est après les avoir quittés que je me suis aperçue de l'absence de mon poudrier. Je suis revenue aussitôt...

— Vous n'avez pas pu le laisser ici, dit-il. Je... je l'aurais trouvé après votre départ.

Il eut un geste vague :

— Ce doit être dans le taxi... Avez-vous pensé à regarder dans le taxi ?

Cet éclairage était décidément atroce. Il le faisait paraître livide.

— Non, ça n'est pas possible, répliquai-je, car je ne m'en suis pas servi dans le taxi. C'est ici que je me suis repoudrée pour la dernière fois...

J'attendis qu'il s'écartât, mais il n'en fit rien. Alors, je dis :

— Vous ne voulez pas me laisser jeter un coup d'œil ? C'est l'affaire d'un instant...

Nous nous montrions aimables, mais en demeurant chacun fermement sur nos positions.

— Puisque je vous dis qu'il n'est pas ici. Comprenez donc, Annie, que si c'était le cas, je n'aurais pu manquer de le voir.

— Mais l'avez-vous cherché ? ripostai-je en souriant. Saviez-vous que je l'avais perdu, avant que je vous le dise ? Alors, si vous ne l'avez pas cherché, comment pouvez-vous être certain qu'il n'est pas là ?

— Eh bien... euh... j'ai regardé partout et...

— Oui, mais comme vous ignoriez que j'avais oublié mon poudrier, vous ne l'aviez pas présent à l'esprit et vous avez pu le voir sans que votre attention s'y arrête, insistai-je, en ouatant d'un sourire mon obstination. Si vous me laissiez entrer un instant et voir moi-même...

J'attendis.

Il attendit que je cesse d'attendre.

J'essayai une autre tactique :

— Oh ! fis-je en détournant soudain la tête d'un air confus, comme si j'y pensais seulement à cette seconde-là. Vous n'êtes pas seul ! Oh ! je suis désolée ! je ne voulais pas...

Le coup réussit.

Je vis une sorte d'éclair passer sur son visage, comme un reflet de soleil renvoyé par un miroir. Cela ressemblait à de la peur, mais une peur différente. Ce n'était plus de me laisser entrer qu'il avait peur, mais que je me méprenne, que je lui attribue un autre mobile que celui le poussant à agir ainsi.

— Vous faites erreur, m'assura-t-il sèchement. Entrez...

Derrière moi, il referma la porte, allant même jusqu'à appuyer sa paume contre le panneau, pour s'assurer qu'elle était bien close.

— Qu'est-ce qui a bien pu vous donner cette idée ? me demanda-t-il en se retournant vers moi.

— Oh ! après tout, fis-je d'un air extrêmement compréhensif, ça n'aurait rien d'extraordinaire.

225

Il ne souriait plus. De toute évidence, pour je ne sais quelle raison, ma remarque l'avait piqué.

— Je n'ai jamais été aussi seul, rétorqua-t-il avec une pointe d'agressivité. Même Luther est sorti.

— Je sais, lui rappelai-je. Il est parti quand nous étions encore là.

Mais il y avait quelqu'un d'autre et ce n'était pas à Luther que j'avais pensé.

Nous progressâmes lentement dans la galerie, moi marchant la première.

Elle était partie, comme Joan l'avait prédit. La porte que j'avais vue se refermer furtivement était maintenant ouverte sur la chambre obscure. A cette heure de la nuit, cela faisait une impression extrêmement déprimante, presque sinistre.

Comme j'étais censée n'y être point entrée, je dis :

— En tout cas, je n'ai pas pu le laisser dans cette pièce.

— Non, en effet, appuya-t-il avec empressement.

Me détournant, je fis face à la porte qui se trouvait de l'autre côté de la galerie, celle de « la pièce où il écrivait », comme il disait.

— Ici, peut-être, suggérai-je.

Je l'entendis exhaler une sorte de plainte sourde :

— Non... sûrement pas.

— Pourtant... on ne sait jamais, dis-je en étendant la main vers le bouton de porcelaine.

— Non ! répéta-t-il de façon presque stridente, comme si je commençais à lui porter sur les nerfs.

Je le regardai, quelque peu étonnée de le voir prendre un pareil ton à propos d'une chose aussi dénuée d'importance. Mais l'expression que je surpris sur son visage était encore plus stupéfiante. L'espace d'un instant, tout son charme avait disparu, et il me parut laid, avec un visage crispé, méchant. Puis il parvint à se rasséréner et s'essaya même à sourire, mais il dut vite y renoncer.

Ma main fit tourner le bouton. La porte résista.

— C'est fermé, dis-je.

— Oui, je ferme toujours... Vous comprenez, c'est là que j'écris et je laisse traîner mes essais, alors... Bref, ça me gênerait que quelqu'un fourre son nez là-dedans et comme, une fois, j'ai surpris Luther en train de...

— Mais vous m'avez dit qu'il était absent pour la nuit ?

— Oui, bien sûr... Seulement, c'est une habitude que j'ai prise...

— Vous ne voulez pas me laisser entrer jeter un coup d'œil ? demandai-je de mon ton le plus enjôleur, en pensant : « Je l'aime même quand il a ce visage méchant et tout renfrogné. Comme c'est étrange... Je croyais avoir été surtout séduite par son physique et je m'aperçois que ça va plus loin que cela... »

— Puisque vous n'êtes pas entrée là, comment votre poudrier pourrait-il s'y trouver ?

— Mais si ! J'y suis entrée au début de la soirée... J'ignore si vous y aviez pris garde mais...

Il me regarda, puis regarda la porte :

— Je ne sais pas si j'ai la clef...

Soulevant le pan de sa robe de chambre, il plongea la main dans la poche de son pantalon, provoquant un tintement métallique de monnaie et de clefs, tandis qu'il ne me regardait plus que du coin de l'œil.

Pourquoi est-ce que j'insiste comme ça ? me demandai-je. Pour voir jusqu'où je puis aller ? Pour lui donner pleinement conscience que nous sommes seuls, tous les deux?

J'aurais été bien incapable de le dire.

Il sortit de sa poche cinq ou six clefs, réunies par un anneau. On voyait immédiatement que la plupart d'entre elles n'étaient pas des clefs de porte, mais des clefs de voiture, de tiroir ou de coffre. Et tandis qu'il les agitait, j'en vis une autre tomber sans bruit sur la moquette, une autre avait dû rester au bord de sa poche et s'en détacher au premier mouvement. Une clef qui devait être dans sa poche à part du trousseau et qu'il avait ramenée avec celui-ci, peut-être sans le vouloir.

Celle-là avait une longue tige et se présentait tout à fait comme une clef de porte.

Je me rendis compte qu'il n'avait pas eu conscience de l'incident et, l'espace d'un instant, je faillis la ramasser pour la lui restituer. Puis, au lieu de cela, je posai mon pied dessus et restai ainsi sans bouger.

Il essaya en vain une des clefs qui me paraissait d'ailleurs bien trop petite pour pouvoir correspondre à cette serrure.

Des rides d'agacement creusèrent son front :

— J'ai dû l'égarer, dit-il. Je ne l'ai pas là.

Il remit le trousseau dans sa poche, sans même fouiller davantage celle-ci. Je m'en rendis compte à la rapidité de son geste. On eût dit qu'il savait à quoi s'en tenir sans avoir besoin d'une confirmation.

— J'ai dû la poser quelque part... Ça m'arrive de temps à autre...

Il se gratta la tête tout en se détournant de moi, comme pour réveiller sa mémoire.

Je profitai qu'il regardait de l'autre côté pour

228

ramasser la clef dissimulée sous ma chaussure et je la gardai dans la main.

— Enfin, dit-il, comme pour conclure notre entrevue, si je trouve votre poudrier, j'irai vous le rapporter.

Nous demeurâmes un instant face à face, à nous regarder en silence.

— Il veut que je m'en aille, dis-je calmement, comme si je parlais à une tierce personne. Il lui tarde de me voir partir.

Que pouvait-il répliquer à cela, sans risquer d'être grossier ? Et c'est pourquoi je l'avais dit. Bien que ce fût la vérité, le seul fait de me l'entendre suggérer l'obligeait à m'affirmer le contraire, quoi qu'il en eût. Et je le savais bien.

— Non, fit-il avec détachement. Oh! non, pas du tout.

Puis comme un moteur qui s'échauffe graduellement et prend de la vitesse :

— Entrez donc... Ne restez pas plantée près de cette porte...

On eût dit que de me voir m'éloigner de cette porte était ce qui lui importait le plus et que, faute de pouvoir y arriver en m'incitant au départ, il préférait encore me laisser entrer carrément jusqu'au salon.

D'un bras, il m'indiquait le chemin de façon engageante, de l'autre, il me poussait cordialement, tout en continuant de parler de plus en plus vite :

— Entrez, je vous en prie... Nous allons boire un verre... Tous les deux... Vous et moi... tout seuls... J'avais justement besoin d'une compagnie...

Par ricochet, pensai-je. Je l'aurai peut-être par ricochet. Il paraît que ça se produit parfois... Oh! peu m'importe comment, du moment que je l'aurai...

Son salon ne m'avait jamais paru si vaste et si sombre. Il avait quelque chose de funéraire, comme s'il s'y trouvait un corps embaumé que nous allions veiller. Une seule lampe était allumée et elle projetait sur le mur une immense aile de chauve-souris, qui était le couvercle levé du piano à queue. Il me vit regarder cette ombre sinistre et me dit :

— Je vais arranger ça.

Je le laissai allumer une autre lampe, mais quand il fut sur le point de tourner le commutateur qui nous eût inondés de la clarté des lustres, je m'interposai vivement :

— Pas trop quand même !

Il est difficile de devenir sentimental dans une pièce illuminée *a giorno*.

Je m'assis sur le sofa tandis qu'il préparait deux verres. Il m'en apporta un et s'assit avec l'autre, à un kilomètre de moi.

— Non, ici, fis-je. Je n'ai pas si bonne vue !

Il sourit et vint à côté de moi. Nous étions à demi tournés l'un vers l'autre, comme les deux éléments d'une parenthèse, une parenthèse n'enfermant rien que le vide.

Je me penchai vers lui, tout en goûtant le contenu de mon verre.

— Ç'a été un sale coup, vraiment, dis-je d'un air pensif.

— Quoi donc ?

— Allons, avec moi, pas la peine de feindre...

— Oh... fit-il avec embarras.

— Vous continuez à feindre ! le grondai-je. A faire comme si vous n'y aviez pas songé, comme si je vous le rappelais soudain... Mais, à la vérité, votre esprit n'a cessé depuis lors d'en être occupé.

On eût dit qu'il voulait noyer son visage dans son verre.

— Je vous en prie, dit-il en esquissant une grimace. Est-ce absolument nécessaire... ? Ne parlons pas de cela maintenant.

— Oh! murmurai-je. Ça vous fait donc mal à ce point?

La parenthèse était devenue une double ligne à l'intervalle pratiquement invisible.

— Pourquoi ne pas y mettre un pansement? suggérai-je.

Il eut un atroce semblant de sourire :

— Existe-t-il un antiseptique pour ce genre de blessure?

— Vous en avez un près de vous. Et sans tête de mort sur l'étiquette.

L'image ne dut guère lui paraître heureuse, car il ferma les yeux en secouant la tête, comme pour la chasser de son esprit.

— Cela brûle sur l'instant, mais, ensuite, on est guéri, murmurai-je. Aucun risque d'infection et, après ça, vous êtes un homme neuf, avec un nouvel amour...

Ma voix devint semblable à un souffle :

— Vous ne voulez pas... essayer?

Son visage était si près du mien, si proche... Il n'avait qu'à...

Il le tourna légèrement. Oh! très légèrement et avec tact, mais du mauvais côté, si bien que la distance nous séparant s'agrandit d'autant.

— Ne me comprenez-vous pas, Dwight? Je vous fais la cour. Et si je m'y prends mal, c'est parce que les femmes manquent d'entraînement à ce sport. Ne pouvez-vous m'aider un peu?

Je vis une expression horrifiée se peindre sur son visage. J'aurais préféré ne pas la voir, car je n'aurais jamais cru que l'expression d'un visage pût faire aussi mal.

— Serait-ce donc si terrible, serait-ce donc tellement insupportable d'être marié avec moi ?

— Marié ? Il eut un brusque sursaut, comme si quelque épingle oubliée dans sa chemise l'avait soudain piqué, et cela ne m'échappa point. Ce n'était pas plus flatteur pour moi que l'expression de son visage.

— Vous venez d'être demandé en mariage, Dwight. C'était une demande en mariage... la première que j'aie jamais faite.

Il essaya d'abord de s'en tirer en grimaçant un sourire qui signifiait : « Vous plaisantez et je suis censé le savoir, mais vous ne m'en mettez pas moins dans une situation un peu gênante. »

Je ne le laissai pas prendre cette tangente.

— On ne rit pas quand une dame vous demande en mariage, dis-je gentiment. Au lieu de se moquer d'elle, on lui répond du tac au tac. On lui donne au moins cette satisfaction.

Il posa sa main sur mon genou, mais c'était un geste d'excuse, de consolation, pas du tout celui que je souhaitais.

— Ce serait... le plus sale tour que je pourrais vous jouer... Je ne puis pas vous faire *ça*...

Puis, d'un ton plus décidé, comme pour en terminer avec ce sujet :

— Vous le regretteriez, vous seriez malheureuse.

— Mais je veux l'être ! Laissez-moi l'être ! Je préfère être malheureuse avec vous qu'heureuse avec n'importe qui d'autre !

Il se mit alors à regarder le bout de son nez, sans plus rien ajouter. Un silence obstiné qui était sa meilleure, sa seule défense. Il s'en rendait probablement compte ; les hommes ont autant d'instinct que nous.

C'était donc à moi de parler, car il fallait que quelqu'un parlât. C'eût été pire de rester ainsi, à baigner dans le silence.

Je bus une gorgée, puis je soupirai, en feignant l'objectivité :

— C'est injuste, hein ? Une femme peut repousser les avances d'un homme sans avoir à en éprouver le moindre remords, car l'homme est supposé pouvoir encaisser le coup, et il l'encaisse. Mais si un homme repousse les avances d'une femme, il doit en même temps s'efforcer d'épargner l'amour-propre de la dame.

En fait, il n'avait rien tenté en ce sens jusque-là, mais il le fit alors, probablement parce que je l'avais rappelé à son devoir.

— Vous êtes une chic fille, Annie. Et c'est à vous que je pense en refusant... Vous ne savez pas ce que vous demandez... Vous ne pouvez pas me désirer...

— Je crois que vous intervertissez les pronoms, dis-je tristement.

Il commit l'erreur de passer son bras derrière mon épaule, en ce qui voulait être, je suppose, une étreinte fraternelle. Il n'aurait pas dû me toucher. C'était déjà assez dur sans cela.

Je laissai ma tête aller contre son bras, car, même si j'avais cherché à le faire, je n'aurais pu la tenir droite. Et je ne le cherchais pas.

— Alors, ne parlons pas de mariage, mais de...

de ce que vous voudrez, murmurai-je en fermant les yeux, même si ce doit être très bref.

En prenant conscience de ce nouveau danger, il tenta de retirer son bras, mais je le retins en saisissant sa main de l'autre côté, pour qu'il demeure sur mes épaules.

— Même si ce n'est que... pour une nuit... ou pour une heure ! Puis-je me montrer plus précise ? J'accepte ce que vous voudrez, quoi que ce soit !

Il frissonna et se frappa le front, violemment, comme s'il y avait là quelque pensée qu'il ne pouvait endurer.

— Mon Dieu ! l'entendis-je gémir. Mon Dieu ! Justement maintenant, et ici, dans cet appartement !

— Qu'a donc cet appartement ? m'enquis-je innocemment.

— Ce n'est pas l'appartement, c'est moi, murmura-t-il.

Je lâchai sa main et il retira aussitôt son bras. Je me levai, me préparant à partir, puisque j'avais été repoussée. Prolonger ce tête-à-tête eût été bouffon. S'il ne me restait plus d'amour-propre, du moins conservais-je une certaine dignité extérieure.

— Est-ce à cause de mon âge ? m'enquis-je, le dos tourné, feignant d'arranger mes cheveux.

— Non, dit-il. Je ne pense jamais à la question d'âge quand... quand il s'agit de vous.

— J'aurai quarante ans en novembre, l'informai-je sans qu'il m'eût rien demandé, simplement parce que je n'avais plus rien à perdre. Vous l'avez donc échappé belle !

— Non, protesta-t-il, ce n'est pas possible ! J'ai toujours pensé que vous deviez avoir dans les vingt-huit, trente ans...

— Merci, lui répondis-je, merci. J'aurai quand même eu ça de bon ce soir !

Je me retournai vers lui, toujours assis :

— Les scènes de séduction ne vous conviennent pas, lui déclarai-je. Vous avez l'air absolument exténué.

Je le vis hocher vaguement la tête, comme s'il se sentait, effectivement, à bout de force. Mais il se leva quand même, parce qu'un hôte bien élevé doit le faire quand une dame prend congé.

— Je m'en remettrai, dis-je, parlant à voix haute pour me convaincre moi-même. On n'en meurt pas.

Le mot le fit grimacer, comme s'il atteignait un point sensible.

J'étais maintenant prête à m'en aller et il se rapprocha, pour accélérer mon départ.

— Vous ne m'embrassez pas pour me dire au revoir ? dis-je.

Il s'exécuta, tous freins serrés, passant juste un bras derrière mon dos. Ses lèvres touchèrent les miennes, mais ne gardèrent le contact qu'un bref instant. Lorsqu'il releva la tête, ma bouche voulut suivre la sienne, mais se perdit en route.

— Je vais vous reconduire, proposa-t-il.

— C'est inutile, croyez-moi.

Il me prit au mot et retourna vers la table se servir un autre verre. Sa main tremblait et si c'est signe qu'on a besoin de boire un verre, alors, il en avait rudement besoin.

Je parcourus toute seule la longue galerie, le cœur serré, les joues pâles.

Arrivant à hauteur de la porte, la porte de son cabinet de travail, je me rappelai avoir conservé la clef tombée de sa poche.

Je m'arrêtai, pris la clef et la mis dans la serrure.

Alors, je sentis son regard peser sur moi. Je me tournai et le vis qui m'observait du bout de la galerie.

— Annie... N'ouvrez pas... Il n'est pas là...

Sa voix était dénuée d'intonation, étrangement calme ; par contre, son visage n'était plus simplement pâle, mais d'une lividité évoquant l'éclat blafard du phosphore dans les ténèbres.

Il ne fit pas mine de me rejoindre : ses pieds restèrent où ils étaient. Mais ses mains, comme éprouvant le besoin de s'occuper, parurent se porter d'elles-mêmes au nœud de la cordelière, le défirent et chacune d'elles se mit à jouer avec une extrémité de la ceinture, la balançant comme un chat balance sa queue lorsqu'il s'apprête à bondir.

Je fléchis légèrement mon poignet, paraissant faire tourner la clef dans la serrure... Alors le balancement s'interrompit net et la cordelière se tendit...

L'espace d'un instant, par perversité pure, je fus sur le point d'ouvrir, simplement pour prolonger ma présence. Je me disais qu'il feignait seulement d'attacher de l'importance à ce que je n'ouvre pas la porte. A la vérité, ça lui était indifférent. Ce qu'il voulait, c'était me voir partir, rester enfin seul. Et c'était parce que l'ouverture de la porte retarderait encore mon départ, qu'il tenait tant à ce que je la laisse fermée.

Par-dessus toute la longueur de la galerie, nos regards se rencontrèrent.

Alors, mourut le désir que j'avais de le contrarier.

Avec indifférence, je lâchai la clef, la laissant dans la serrure.

Ses mains retombèrent aussi, abandonnant les deux bouts de la cordelière.

— Vous ne l'y auriez pas trouvé, dit-il avec une sorte d'accablement, comme s'il avait épuisé toute sa force à tenir la cordelière.

— Je le sais, rétorquai-je. Pour la bonne raison qu'il a toujours été dans mon sac.

Je fis jouer le fermoir et exhibai le poudrier :

— Pas un instant je n'avais cru l'avoir perdu... pas même quand j'ai fait demi-tour pour revenir ici.

J'allai jusqu'à la porte de l'appartement et l'ouvris :

— Le coup n'a pas réussi, c'est tout, dis-je. Puis j'ajoutai : Bonne nuit, Dwight.

— Bonne nuit, Annie, fit-il en écho d'une voix sépulcrale.

Je le vis étendre le bras pour chercher l'appui du mur, tellement il était las de ma présence.

Alors, je refermai la porte derrière moi.

Ils vous racontent des blagues quand ils prétendent qu'un engouement de ce genre meurt d'un seul coup. Au contraire, il agonise interminablement. Même après que le dernier espoir a fui, il laisse subsister un vague rayonnement avec lequel on tente encore de s'abuser. Non, ces amours-là meurent aussi lentement que les autres ; elles mûrissent plus vite, c'est tout.

Dans la quinzaine qui suivit cette nuit-là, par deux fois, je passai en taxi devant chez Dwight. Ce n'était pas mon chemin, mais j'avais commandé au chauffeur de faire ce détour. Chaque fois, il s'arrêta devant l'immeuble, sans raison, uniquement parce que j'avais dit : « Arrêtez-vous là un instant. »

Mais je ne descendis pas de voiture. Je restai assise sur la banquette. Peut-être justement pour voir si je *pourrais* demeurer là sans descendre... Je ne sais pas.

Et les deux fois, je faillis descendre, mais je parvins à ne pas le faire.

— Continuez, dis-je héroïquement quand le chauffeur, après un moment, se tourna vers moi.

Ce fut un peu comme si je laissais derrière moi mon bras droit coincé dans une porte... mais je l'y laissai.

Une de ces fois-là, je me rendais à un cocktail et mon prétexte eût été de lui demander s'il voulait y venir avec moi. En définitive, je n'allai pas moi-même à cette réception et, après m'être ainsi arrachée à la vue de sa porte, je me fis reconduire chez moi où je me dépouillai de la toilette que j'avais mis une heure à composer, et qui n'avait jamais été destinée à faire uniquement l'admiration des invités de la réception.

Et la seconde fois, mon prétexte était encore plus futile. Un lecteur nous avait écrit au sujet d'une de ses nouvelles, parue depuis plusieurs mois. Un lecteur du Tennessee, je crois bien. Sans doute, ce vieil exemplaire du magazine avait-il fini, passant de main en main, par échouer là-bas après avoir semé ses feuilles tout au long du chemin. Comme sa nouvelle était la dernière du recueil, elle avait peut-être été la seule à parvenir jusqu'à ce lecteur, si bien qu'il n'avait pu nous écrire qu'à son propos.

(Cette hypothèse, vous vous en doutiez probablement, a été formulée par Joan.)

Et, bien entendu, je ne pouvais pas charger ma secrétaire de réexpédier cette lettre, comme nous le faisions pour la douzaine d'autres, adressées chaque semaine à nos auteurs par notre entremise. Non, au contraire, quand ma secrétaire me le signala, je la lui demandai et la mis dans mon sac. Puis, le soir, en allant bridger chez des amis, je crois, je dis au chauffeur de passer par là...

— Continuez, fis-je après un moment.

Mais j'entrais en convalescence. C'était seulement la main que j'avais l'impression de laisser derrière moi et non plus tout le bras.

— Votre jeu n'est plus le même, remarqua avec acidité ma partenaire lorsque, un peu plus tard ce même soir, nous eûmes raté un grand chelem.

— Non, répondis-je en donnant un sens différent à l'expression, mon jeu n'est plus le même.

En moi-même j'ajoutai : « Et je ne vaux rien au nouveau jeu que j'ai choisi. »

Mais la troisième fois... Ah! la troisième fois où je m'arrêtai devant chez lui, je n'avais plus la moindre excuse. Cette troisième épreuve fut comme une pierre de touche et elle me fournit la réponse que je cherchais.

C'était fini, j'étais pratiquement guérie. Je découvris cela sur la banquette du taxi, en écoutant battre mon cœur. J'avais conscience de pouvoir maintenant m'éloigner sans qu'il me semblât laisser une partie de moi-même coincée dans sa porte.

J'allumai une cigarette et poussai un soupir de soulagement en pensant : « C'est fini. Maintenant, je n'ai plus de souci à me faire. Je suis vaccinée pour le restant de mes jours. A présent, je puis de nouveau travailler et vivre normalement... »

— Vous descendez, Madame... ou quoi? s'enquit le chauffeur avec mauvaise humeur.

— Oui, répondis-je froidement, je crois que je

vais descendre. Il y a quelqu'un ici à qui je dois dire au revoir.

Et pleine d'assurance, parfaitement calme, je descendis, payai et entrai dans l'immeuble pour retourner voir mon dernier, mon ultime amour.

Mais ils vous racontent des blagues quand ils prétendent qu'un amour de ce genre meurt d'un seul coup. C'est faux. Je puis me permettre d'affirmer le contraire car, *moi,* je parle en connaissance de cause.

Je semblais avoir choisi un mauvais moment pour ma visite d'adieu. Ou, du moins, un moment dont je n'avais pas l'exclusivité.

Il y avait quelqu'un d'autre avec Dwight. La porte de l'appartement était ouverte quand j'atteignis le palier et il se tenait sur le seuil, causant avec un homme qui paraissait ne pas arriver à s'en aller.

L'homme en question était solidement bâti et pas tellement jeune. La cinquantaine, pour autant que j'en pouvais juger. Les tempes argentées, le teint fleuri, et le blanc des yeux quelque peu strié de rouge. Il avait un visage dur, mais se montrait extrêmement aimable au moment où j'arrivai. Il en faisait même presque trop, car cette amabilité excessive ne lui était visiblement pas habituelle, ça grippait un peu et il lui fallait appuyer fortement sur l'accélérateur pour que ça tourne quand même.

— J'espère ne pas vous avoir trop dérangé, Mr Billings, disait-il quand l'ascenseur me déposa.

— Mais pas du tout, lui assura Dwight avec une indulgence un peu hautaine. Je sais ce que c'est. N'en parlez plus. Trop heureux si j'ai pu...

A ce moment, le bruit de la grille les fit retourner tous deux et ils me virent, si bien qu'ils arrêtèrent là leur mutuel assaut d'amabilité. Ou, du moins, en reportèrent la conclusion à plus tard.

A ma vue, le visage de Dwight s'éclaira un peu. J'étais la bienvenue, aucun doute à cet égard. Ça n'était pas du tout comme l'autre soir. Et cependant... comment dire ? ce n'était pas directement moi qui lui faisais plaisir. Plus exactement, il semblait tellement content de soi, que même ma visite lui faisait plaisir. En d'autres termes, n'importe qui fût venu à ma place, il en aurait été tout aussi satisfait.

Il me serra cordialement la main :

— Comme c'est gentil d'être venue ! Où étiez-vous donc pendant tout ce temps ?

Bref, les amabilités d'usage, mais sans la moindre velléité de me présenter son compagnon.

Et ses façons avaient trop d'aisance pour que ce pût être un oubli. Une conclusion s'imposait : son visiteur et moi n'appartenions pas au même secteur de ses relations ; d'où l'inutilité de faire les présentations.

Toutefois, il n'en profita point pour hâter le départ de l'autre et se consacrer entièrement à moi. Au contraire, après m'avoir accueillie, il se tourna de nouveau posément vers l'homme, afin de poursuivre leur entretien sans hâte, jusqu'à sa conclusion normale. Il fit même signe au liftier de ne pas attendre.

— Nous vous appellerons ! lui lança-t-il, et l'autre referma la grille.

Puis Dwight me dit :

— Entrez, Annie... Otez vos affaires... Je suis à vous tout de suite.

J'entrai.

Mon ultime impression de son interlocuteur fut que le coup d'œil scrutateur que je lui jetai au passage le mettait mal à son aise, l'embarrassait, ou quelque chose comme ça. Il détourna la tête pour tirer une bouffée du coûteux cigare qu'il tenait entre deux doigts, paraissant ne pas désirer être regardé de trop près. Comme je ne l'avais aucunement dévisagé, ce dut être une réaction instinctive.

Je suivis la galerie des amours perdues. La porte du cabinet de travail était maintenant ouverte. Je passai devant elle sans m'arrêter et descendis les marches donnant accès au living-room.

J'ôtai « mes affaires », comme il avait dit, tapotai mes cheveux, et fis quelques pas, en attendant qu'il me rejoignît.

Et, pour passer le temps, je regardai autour de moi.

Je n'avais probablement pas été encore annoncée quand Dwight et son visiteur s'étaient engagés dans la galerie, aussi tout était-il demeuré en l'état.

Il y avait là deux verres au fond desquels il ne restait plus qu'un peu de glace. L'entretien avait dû être cordial, on avait bu sans contrainte.

Deux étuis de cellophane qui avaient contenu des cigares de prix, mais une seule allumette brûlée : l'un des fumeurs avait aimablement offert du feu à l'autre.

Le chéquier de Dwight se trouvait au bord de la table. Il avait dû le sortir de sa poche à un moment donné et oublier de l'y remettre. Ou peut-être avait-il simplement pensé que cela pouvait attendre, que ça n'était pas urgent.

Je ne m'approchai pas de la table. Je ne touchai pas le carnet de chèques, ni ne l'examinai en aucune façon. Je le vis simplement là.

Il était à côté du buvard, presque immaculé, qui n'avait guère dû servir qu'une fois.

Ce buvard, je le pris en main, par désœuvrement et le scrutai, comme s'il s'était agi de déchiffrer quelque grimoire.

Dwight n'arrivait toujours pas.

Alors, j'emportai le buvard vers le miroir dans lequel je le regardai.

Une partie de sa signature m'apparut : *... illings*. C'était ce qu'il avait écrit en dernier, de telle sorte que l'encre était plus fraîche à cet endroit quand il l'avait appliqué sur le buvard. Au-dessus, des gribouillis moins distincts : *... orteur* et deux grands cercles suivis de deux plus petits : *OOoo*.

Je me retournai vivement, comme si cela m'avait choquée (mais pourquoi eussé-je été choquée ?) et rejetai le buvard sur la table. Puis j'arrangeai de nouveau mes cheveux, qui n'avaient nul besoin de cela.

Il arriva enfin, l'air vif et plein d'entrain. Je n'ai pas souvenance qu'il se soit frotté les mains, mais c'était l'impression qu'il donnait.

— Qui était cet homme ? demandai-je avec indifférence.

— Vous allez rire, m'annonça-t-il et pour bien m'en convaincre, il rit lui-même. C'est un truc pour vous, pour votre magazine...

Il marqua un temps, comme on ne manque

jamais de le faire quand on sait raconter une histoire, puis lança :

— C'est un détective. Un vrai, en chair et en os, avec sa plaque et tout !

Je cessai d'être indifférente, mais ne fus pas surprise. Je me montrai toutefois poliment incrédule, comme on doit le faire quand votre hôte escompte vous avoir impressionné.

— Non ? Et que voulait-il ?

— Me demander des renseignements, dit-il gaiement. Puis, sans changer de ton : Vous vous souvenez de Pernette, n'est-ce pas ?

Je dis que non.

— Mais si... Il me semble bien que vous l'avez rencontrée ici un soir...

Je revis un soutien-gorge et une culotte roses.

— Ah ! oui, en effet... Je crois me rappeler...

— Eh bien ! elle a disparu. Cela fait des semaines qu'on n'a pas entendu parler d'elle.

— Oh ! fis-je. Et ça vous ennuie ?

Il me gratifia d'un clin d'œil :

— Non ! chuchota-t-il comme s'il craignait qu'elle pût survenir et l'entendre.

— Et pourquoi est-on venu vous questionner à son sujet ? m'enquis-je.

— Oh ! répondit-il avec un geste agacé, à cause de je ne sais quel racontar selon lequel on n'aurait pas revu Pernette après... après sa dernière visite ici, ou quelque chose comme ça... Cela fait la troisième fois que ce même type revient... J'ai été vraiment très patient !

Puis il dit, en retrouvant son optimisme :

— Mais il m'a assuré que cette fois-ci était la dernière, et que je ne le reverrais plus.

244

Il nous prépara deux verres, après avoir escamoté les deux autres. Le chéquier et le buvard avaient également disparu. Et comme je n'avais cessé de regarder Dwight dans la glace pendant tout ce temps, il est possible que je me sois trompée, qu'il n'y ait jamais rien eu sur la table...

Il avait été aussi question de certains vêtements qu'elle avait laissés ici, reprit-il d'un air détaché et il s'interrompit pour me demander :

— Est-ce que je vous scandalise, Annie ?

— Oh ! non, le rassurai-je. Je savais qu'elle séjournait ici de temps à autre.

— Je devais lui expédier ses affaires. Elle m'avait dit qu'elle me ferait savoir à quelle adresse... (Il eut un haussement d'épaules.) Mais je n'ai plus eu aucune nouvelle d'elle. Alors, ils attendent toujours ici...

Il cessa d'agiter le shaker en cadence.

— Elle a probablement dû filer avec un type, dit-il dédaigneusement.

J'acquiesçai avec indifférence.

— Je sais qui me l'a envoyé, continua-t-il avec une pointe de ressentiment.

Je supposai qu'il parlait du détective.

— ... Son espèce d'ex-petit mari !

— Oh ! fis-je, il est *ex* ?

C'était encore une chose que j'ignorais.

— Oh ! oui. Ça s'est fait presque aussitôt après leur retour de voyage de noces. J'ai même aidé Pernette à obtenir rapidement le divorce, en l'envoyant chez mon avocat...

Et en prenant les frais à ma charge, aurait-il sans doute pu ajouter. Mais il ne le fit pas.

— Comme je l'ai dit à ce type, tout à l'heure,

poursuivit-il, toujours avec la même pointe d'acrimonie, tant qu'ils y sont, ils feraient mieux d'étudier un
peu ses mobiles *à lui*, car il ne songeait qu'à lui
soutirer de l'argent.

Tout comme elle ne songeait qu'à vous en soutirer,
aurais-je pu ajouter. Mais je n'en fis rien.

— Craignent-ils qu'il lui soit arrivé quelque
chose ? demandai-je.

Il ne me répondit pas directement :

— Elle finira probablement par reparaître en
quelque endroit, comme toutes celles de son
espèce...

Il eut un sourire :

— Mais ce ne sera pas ici !

Il m'apporta un des verres et nous nous assîmes
tous deux sur le sofa.

Cette fois-ci, Dwight n'était pas pressé. Nous
bûmes un second verre, puis il nous en servit un
troisième. Celui-là, nous le laissâmes de côté un bon
moment.

Cette fois-ci, c'était lui qui se penchait de mon
côté. Mais je ne tournai pas ma tête vers lui, comme
il avait tourné la sienne vers moi. Ses lèvres me
laissaient sans réaction. C'était comme si j'avais été
embrassée par... par un mannequin.

— Je veux que vous deveniez ma femme, dit-il. Je
veux... ce que vous vouliez l'autre soir. Je veux...
quelqu'un comme vous.

(Ça n'est pas suffisant, pensai-je. Vous auriez dû
ne vouloir que moi et non point quelqu'un *comme*
moi. Maintenant, vous en êtes pour la femme plus
âgée, qui représente la sécurité, la tranquillité, et
beaucoup moins de passion. Quelque chose vous a
ébranlé et vous ne pouvez plus vous sentir seul.

246

Alors, s'il y avait une statue de femme dans cette pièce, vous lui demanderiez aussi bien de vous épouser.)

— Trop tard, répliquai-je. J'ai dépassé le point que vous venez d'atteindre. Vous y parvenez trop tard. Ou peut-être l'ai-je quitté trop tôt.

Il baissa la tête.

— Je suis désolé, murmura-t-il.

— Moi aussi.

Et c'était vrai. Mais je n'y pouvais rien.

Brusquement, j'éclatai de rire :

— Connaissez-vous rien de plus odieux que l'amour ?

Il rit aussi, après un moment, plus posément :

— Ma foi, non !

Et nous rîmes ensemble avant de nous quitter, de nous séparer, de mettre le point final à notre intimité. Ne valait-il pas mieux faire cela en riant !

Quelques jours plus tard, tout à fait par hasard, je lus un entrefilet dans les journaux. Le mari avait été appréhendé par la police pour être interrogé, au sujet de la disparition de Pernette. Rien de plus. Aucun nom n'était mentionné.

***

Un ou deux jours après, un autre entrefilet capta mon attention. Le mari avait été relâché, faute de preuves.

Depuis lors, je n'ai plus jamais rien lu à ce sujet. On n'en a plus reparlé dans les journaux.

L'autre soir, à une réception, j'ai revu mon dernier amour. Par dernier, je n'entends pas le plus récent, mais celui après lequel il n'y en aura plus d'autre. Il était aussi attachant et débonnaire qu'à l'ordinaire, juste un peu vieilli peut-être. Nous nous sommes dit les choses que l'on se dit quand, un verre à la main, on se rencontre en pareille circonstance.

— Hello, Annie ! Comment allez-vous ?

— Hello, Dwight ! Où étiez-vous donc ces temps-ci ?

— Oh ! ici et là... Et vous ?

— Moi aussi.

Puis, comme nous n'avions rien de plus à nous dire, nous nous sommes éloignés... dans des directions opposées.

Ce n'est pas souvent que je le revois, maintenant. Mais chaque fois que cela m'arrive, je pense de nouveau à elle, me demandant ce qu'elle est *vraiment* devenue...

Et voilà que l'autre nuit, brusquement, sans raison aucune, surgie de nulle part, il m'est venue la plus étrange des pensées...

Mais je l'ai chassée aussi vite, car elle était par trop extravagante, insensée. Les gens que l'on connaît ne font jamais des choses comme ça. Les gens dont on parle dans les journaux, oui, mais pas les gens que l'on *connaît*...

Titre original : MURDER, OBLIQUELY
(traduit par M.-B. Endrèbe)

BIBLIOGRAPHIE

1. UN PIED DANS LA TOMBE/*THE BODY IN GRANT'S TOMB*

Dans *Dime Detective* en janvier 1943 puis dans le n° 61 de *Ellery Queen Mystery Magazine* de décembre 1948.

Traduction française par M.-B. Endrèbe sous le titre *Un pied dans la tombe* (Presses de la Cité, 1953, coll. Un Mystère, n° 121) puis dans *Peur en tout genre* (Presses Pocket, 1964, n° 174/5) et sous le titre « Un cadavre au tombeau » dans *Mystère Magazine* en février 1961.

2. SINISTRE/*THE NIGHT REVEALS*

D'abord dans *Story* en avril 1936, signé Cornell Woolrich. Puis dans le recueil *After Dinner Story* paru en 1944 chez Lippincott, New York, sous la signature William Irish, et *Six Time Death* paru en 1948 chez Popular Library.

Deux autres parutions en 1948 : en août dans *Ellery Queen Mystery Magazine* et dans l'anthologie

Fear and Trembling composée par Alfred Hitchcock.

Reparaîtra en 1960 dans *The Best of William Irish* chez Lippincott, New York (volume omnibus où se trouvent recueillis outre le recueil *After Dinner Story* des romans, *Lady Fantôme* et *L'Heure blafarde*), et en 1965 dans *The Ten Faces of Cornell Woolrich* chez Aimon and Schuster.

Autres parutions dans *Story Jubilee, an Anthology* en 1969 et en 1970 dans le volume 19 des *Ellery Queen Anthologies*.

Traductions françaises par M.-B. Endrèbe in *Un pied dans la tombe* et *Peur en tout genre* (cf. n° 1) et dans *Mystère Magazine,* n° 142 (novembre 1959), sous le titre « Des flammes dans la nuit », par J. Thiellement dans *l'Anthologie du mystère,* n° 13 (1970).

3. SI JE DEVAIS MOURIR AVANT DE M'ÉVEILLER / *IF I SHOULD DIE BEFORE I WAKE*

Première publication le 3 juillet 1937 dans *Detective Fiction Weekly.* Puis dans le recueil homonyme paru sous la signature de William Irish en 1945 chez Avon. Enfin dans *The Saint Mystery Magazine* en décembre 1964.

Traductions françaises par M.-B. Endrèbe dans *Un pied dans la tombe* (cf. n° 1), *Irish Trophy* (Bourgois, 1970, coll. P. J. bis) et *Le Saint Magazine* en août 1966 (signé Cornell Woolrich) ; anonyme dans *Constellation Special,* n° 1 (1961), sous le titre « Un petit garçon mena l'enquête ».

4. MILK-BAR/*SODA FOUNTAIN*

Sous le titre « Soda Fountain Saga » dans *Liberty* le 10 novembre 1930. Une version abrégée, sous le titre « Soda Fountain », a paru en mars 1960 dans *The Saint Mystery Magazine*.

Traductions françaises : par M.-B. Endrèbe in *Marihuana* (Presses de la Cité, 1958, coll. Un Mystère, n° 446) puis dans *Manège à trois* (Presses Pocket, 1974, n° 1141) et par Jean Sebert dans *Le Saint Magazine*, n° 67 (septembre 1960).

5. ENTRE LES MOTS/*MURDER, OBLIQUELY*

D'abord sous le titre « Death escape the eye » en avril et mai 1947 dans *Shadow*.

Puis sous le titre « Murder, Obliquely » dans le recueil *Violence* paru en 1958 chez Dodd & Mead à New York.

A nouveau sous le titre original dans le recueil *Angels of Darkness* en 1978.

Traduction française par M.-B. Endrèbe dans *La liberté éclairant le mort* (Presses de la Cité, 1958, coll. Un Mystère, n° 419) et dans *Irish Trophy* (cf. n° 3 ci-dessus), ainsi que dans *J'aime la chance*, n° 22 (août 1973).

L'éditeur exprime sa reconnaissance à Jean-François Naudon dont les travaux publiés dans *Les Amis du crime* (7, rue de l'Abbé-Grégoire, 92130 Issy-les-Moulineaux) ont rendu possible l'établissement de cette bibliographie.

Jean-Claude ZYLBERSTEIN
Janvier 1986.

TABLE

Achevé d'imprimer en mai 1986
Sur les presses de l'Imprimerie Bussière
à Saint-Amand (Cher)

— N° d'impression : 845. —
— N° d'édition : 1666. —
Dépôt légal : mai 1986.
Imprimé en France